だいわ文庫

正直に語る100の講義

森 博嗣

大和書房

まえがき

シリーズも五冊めなので、面倒な説明は省きます。正直に言うと、面倒だからです。

でも、この一行で終わらせるわけにもいかないので、頭を絞って（誇張表現です）書きましょう。あ、申し遅れましたが、この本を書いた森です。こんにちは。

この本に書いてあることは、一部ですが、扱い方によっては危険が伴うこともありますので、真似をする場合は、自己責任でお願いします。未成年の場合は、保護者の承諾を得て下さい。また、一般的な内容ではなく、特別な許可を受けたうえで書いています。でも、この前の三行については、本気にしないで下さい。

真面目（まじめ）そうに書いてあっても、ためになるかならないかは、人によります。面白そうに書いてあっても、ちっとも面白くないと感じる人もいます。もう五冊めですから、そんな誤解も減っている、つまりフィルタリング後だとは思うのですが、なにかの間違いで本書を初めて手に取る可能性もあるわけですから、念のためにこの「まえがき」を書いているのです。正直に言うと、べつにどうってことない、と僕は思います。でも、だからといって、あなたがどう感じるかはわかりません。あなたが誰なのかも知りませんし……。そんな状態で保証できるはずがないでしょう？

今は「ですます調」で書いていますが、「ですます調」だから「優しい」なんて勘違いしないように。本文は「である調」ですし、わりとずばずば言いたい放題になっているので、傷つきやすい人は避けた方が良いかもしれません。少しくらい傷ついた方が良いのではないか、という人にはおすすめします。

もちろん、人を苛める目的で書いているわけではなく、ただ、思ったことを素直に、正直に書いています。そうなんです、僕は正直なので、煽てたりしませんし、励ましたりもしません。優しい言葉をかけるなんてできません。

それから、これが一番大事な点ですが、この本に書かれていることは、「こうしなさい」という奨励ではありません。「講義」なんてあるから、そう受け止める人も多いでしょう。書かれていることは、「僕はこう思うけれど」というだけです。学校の先生も、「私はこう思うけれど」ということを講義で話しているはずです。それをどう受け取るかは、あなたの自由なのです。

二番めに大事なことは、その自由を自分のものにするには、できるだけいろいろな考えに触れて、正直に自分で考えることだと思います。それでは、始めましょうか……。

正直に語る100の講義

Contents

目次

1st period

1限目 「正直」から生まれる成長論

2nd period

2限目 他人に委ねない創作思考論

3rd period

3限目

埋もれた本質に気づく認識論

4th period

4限目

「正しさ」を見直すコミュニケーション論

5th period

5限目 生き方の「枠」をつくる信条論

After school

放課後

森教授からの大切な〝余談〟

1st period

1限目 「正直」から生まれる成長論

1st period

1 /100

売れているものではなく、売れていないものを見よう。

どんなものが成功するのか、という点にいつも注目している人が多い。小説家志望であれば、何が売れているのか、と探す。どんな企業が人気があるのか、で就職を決める人も多いだろう。成功者に学ぶ、成功例を参考にする、というのは間違いではない。ただ、一つ気づいてほしいことがある。売れているものが既にあるなら、同じものはもう売れない、ということだ。

上手くいっているものを見つける時期が早ければ、成功するかもしれない。つまり、売れかかっているものの場合だ。そして、それが売れるよりも早く自分の商品を市場に投入できれば成功が待っている、ということはあるかもしれない。

僕は、逆だと考えている。売れているものを避ける方が良い。これが売れるのか、とわかったら、それはもうしない方が良い。多少は、取り入れる部分があっても良いけれど、大筋は変えた方が有利だ。二番煎じでは成功は望めない。ただ、少なくとも、二番煎じにならないように、何が売れているのかを大まかに知ることは大切だろう。

可能性があるのは、今売れていないものだ。売れていないものをよく観察すると、そこから売れない理由を学ぶことができるし、ここをもう少し上手くやれば売れたのに、というふうにアイデアも思いつく。

売れていないわけだから、市場はそれを知らない。つまり、そこからは、みんなが新しいと感じるものをまだ作る余地がある、ということである。

思いつきは良かったのに、やり方がまずかった。だから失敗した。そんな例があれば、やり方さえ変えれば良いものになる。ようするに、人の失敗例から学ぶことは成功の近道となる（人でなく、自分の失敗でも同じだが）。したがって、売れないものに注目することは、ビジネスチャンスの基本だと思える。

人間でも同じで、普通の人は、つい成功している人に憧れ、あの人のようになりたい、と考えてしまう。しかし、成功者に憧れる大勢が集まり、その分野では競争が激しくなっているはずだ。それよりも、失敗する人を見て、何がいけなかったのかを考えた方が、その分野で無駄な競争がなく、割の良い仕事の領域を見つけることができるだろう。簡単な道理だと思えるのだが、いかがだろうか。

人は、つい好きなことをしたくなるし、人気のあるものを好きになりやすい。だから、このトラップに嵌(はま)ってしまう。好きなものは、自分で創り上げるのが正しい。

1st period

2
/100

みんなはどう思うのだろう、という文章は多いが、具体的に考えていない。

「皆さんはどう思いますか？」という物言いは、昔からあった。それは、みんなに問いかけて、問題提起する姿勢から生まれる言葉だった。この頃多いのは、「これって、みんなはどう思うのだろう？」という疑問形で、これは、問いかけているというよりも、自分が思っていることが大勢と同じかどうか、という不安を呟いているのである。そして、「どう思うだろう？」と言えば、「私は空気を読んでいます」と示すことができると感じていて、単なる言葉だけの挨拶みたいな「小さな社交」になっている。本気で、具体的にみんながどう考えているのかを考察しているわけではない。

本当にそれを考察したならば、みんなはこう考える、こう思う人もいるかもしれない、といった言葉になるはずである。そのうえで、しかし自分の考えはこうだ、と示すことが可能だ。

そもそも、多くの人は、自分がどう考えるかよりも、みんながどう思っているのかを想像する方を優先する。きっとみんなはこうなんだろうな、だから私もそれに乗ろう、と考える。ようするに、自分の考えを持たないように努力している。そういった協調性が悪いとは言わない。落ちこぼれたくない、苛められたくない、仲間はずれになりたくない、という危機感がその人を支配している、ということがわかる。

このような「状況把握」は、犬や猫を観察していると、動物が持っている自然の能力だとわかる。自分に対する危険が周囲にないか、と神経を尖らせている。だから、けっして悪いことではない。生きていくために必要な基本的な気配りだろう。

しかし、人間の思考というものは、もう少し高等であって、論理を組み立て、未来を予測し、自分が進むべき道を選択することができる。現在見えている範囲の状況だけで判断する動物とは、ここが違う。これこそ、「人間が考える」という言葉の意味だ。

したがって、「みんなはどう思うだろう」と言うならば、その「みんな」とは誰のことで、実際にどういう場合、どういう立場なら「どう思うのか」を具体的に推考して、それらの考えを何例も思い浮かべるくらいはしてほしい。それが、「みんなはどう思うだろう」という言葉から当然導かれる人間的行為なのだ。

実際、それを考えた人は、多くの場合「成功」を手に入れるだろう。「戦略」と呼ばれるものがこれと同じだ。もちろん、「みんな、どう思うのかなぁ」と呟くだけで終わってしまう人が大勢いることを、成功者は計算に入れている。

1st period

3

/100

夢を諦められる魔法の言葉「才能」って何？

「才能」という言葉を使わない人はいないだろう。共通認識として確固とした地位を築いている。個々の人間に、生まれながらに備わったものらしい。成功するためには、これが不可欠であり、逆に失敗したときには、「才能がなかった」と諦めるための理由として多用されているところである。

さて、才能とは何だろうか？　言葉では説明ができるが、実際にそれを測定することはできない。開花したり開花しなかったりするような言い回しもあって、環境が合わないと出てこないものとも聞くが、でも、いずれの場合も結果論である。これから成功する才能を持っている、と評価をする場合であっても、なんらかの確かな片鱗(へんりん)を観察して予測しているにすぎない。

もちろん、肉体的なことは遺伝するので、足の速い人の子供はその素質がある確率が高い。これは、競走馬を見れば一目瞭然(いちもくりょうぜん)だろう。容姿も同様だし、また知能もある程度は遺伝するようだ。しかし、「才能」というものは、もう少し目的が特化されている場合が多い。

たとえば、ピアノの天才の子供が、生まれながらにピアノが弾けるというわけではなく、才能といった場合には、少なからず練習、鍛錬、修業が必要のようである。

最も感じるのは、憧れの職種に就けなかった場合、あるいは、ライバルとの競争に負けた場合などに、「相手は才能に恵まれていた、自分には才能がなかった」という具合に諦めるときに、この「才能」は最も効果的に用いられている、ということだ。むしろ、この慰めのために、才能という表現が作られたようにさえ思われる。

すなわち、努力や意志ではどうにもならない運命的なものがあって、それらをまとめて「才能」と称しているだけなのではないか。少なくとも「才能」は、見つけるもの、磨くもの、恵まれるもの、であって、作るもの、築くもの、努力で手に入れるものではないのである。

そう考えると、本当に才能なんてものがあるのだろうか、とも思えてくる。だいたい、才能を褒め称えられる側の成功者も勝者も、自分に才能があったなんて感じているだろうか？　おそらく、感じているとしたら、「努力をする才能」程度では？

「運」も同じである。「運がなかった」と諦めるためにある言葉のように感じる。実際に運というものが存在している証拠なんてなく、単に結果論としてのキーワードにすぎない。だったら、諦めないかぎり誰にだって才能も運もある、ということではないか。

1st period

4
/100

成功を知らないことの優位性、それが若者の価値である。

経験者が優遇されるのは社会の常識である。成功したことがある人は、成功の手法を知っていると見なされ、成功を望む組織はそういう人を採用したがる。スポーツの監督とか、グループのトップなどでは、これが顕著だ。

ところが、そういう人でも上手くいかない場合が多々ある。昔の成功を追い求めてしまい、同じ方法で再び、と考えても、時代が変わり環境が変わった「今」に適応できないためだ。これは、その人に成功の手法があったわけではなく、たまたまその人の手法が、そのグループの状態に適合していた、時代の流れに乗っていた、運が良かった、といった場合だからである。

さらに、たとえば、有能な営業マンだったことから昇格し、係長になった人が、そのポストでは能力を発揮しない、ということがままある。会社にとっては明らかにマイナスである。日本の会社では、この人を再び平社員に戻すことが難しいので、そのまま不適合なポストにい続けることになる。また、係長で実力を発揮できる人はさらに課長に昇格するだろう。これは、有名な人が言った法則だが、「無能になるまで昇格する」という現象であり、逆にいえば、ほとんどのポストが不適格な人材で埋め尽されることになるだろう。監督や社長などのトップの場合は、解雇、交替となるかもしれないが。

以上のように、成功を知っている人を待ち受けている失敗の原因は、その成功が活かせない環境に置かれやすい、という点にある。成功は過去のものであり、時代は常に変わっているし、成功故に、別の立場に立たされることも多いということ。

グループに若い人が加わることは、その場に活気を与えるものだ。この若者は「知らない」という特徴を持っている。このため、過去の手法に囚われることがないし、また、どんな立場になっても能力的な変化がない。さらに、周囲に与える効果も大きい。

若い人と接することで、自分がかつてどうだったかを振り返ることになる。つまり、初心を思い出すのだ。また、知らない人にものを教えることは、自分はもう理解していると思い込んでいたことを再認識させてくれる。主観的な知見が、教えることで客観的になる。これは、家庭に子供がいることでも同様だ。

また、以前にも書いたが、能力別クラスではなく、幅の広いレベルの級友がいるクラスの方が、このような多視点を育みやすいのは確実だ。既に理解した者が、どうしてもそれを理解できない者から学ぶことは、理解した事項以上に大きいことがある。

1st period

5 /100

「意識高い系」は、高いと見えるから出る表現である。

意識は、するかしないかくらいしかコントロールできない。高くしたり低くしたりといった調節はできないと思う。どんな状態が高いのかあやふやである。でも、高く見える、つまり低い方（しない方）から見たら、ということか。

だいたい「意識高い系」という表現は、「上から目線」と同じで、観察者が名づけているだけで、本人には、意識を高くしているつもりなんてない。むしろ「無意識」だろう。それを「ちょっと嫌味だな」「うざいな」「面倒だな」と煙たく思ってしまう人が「意識」しているのだから、どちらの意識が高いかといえば、後者（受け手）なのである。たぶん、人間関係に歪(ひず)みがない場合には、「蘊蓄(うんちく)がある」とか「拘(こだわ)りを持った人」のように表現されていただろう（「拘り」は本来は悪い意味だが）。

本人は、単に自分が信じるところに従っているだけで、たまたまそれを周囲に頻繁に伝えてしまうような場合なのだと思う。あるいは、なにかと正論をぶつような人で、全体の方針にいつも反論する、そんな人も、嫌味を込めてそう呼ばれるのだろう。

この頃、マスコミが極度な自粛をしているなかで、それでもときどき失言が零れたりするが、それを見逃さず、鬼の首を取ったとでも言わんばかりに指摘し、炎上へと導く人などは、たしかに意識が高いのかもしれない。そういう意味なら、「安全保障」の議論をしようとするだけで、「戦争反対！」と叫ぶ人も意識が高いだろう。

でも、このように敏感であること、注意を怠らないよう高い意識を保つことに、特に問題はない。問題なのは、自分の方針を一方的に押しつけ、周囲の事情を無視していたり、みんなの意見には耳を塞ぐ、といった一方的な姿勢だと思われる。そういった各種あるものをまとめて「意識高い系」とラベリングするのは問題だ。

前者だけなら、意識は高い方が良い。それは志が高い方が良いのと同じで、もともと、良い方を「高い」と評価するのだから、当然である。問題は、その「高さ」を誇ったり、その高さ故に押し切ろうとする傲慢さにあるのであって、ここは、しっかりと分割して認識する必要がある。ひとくくりに「高い意識は駄目」と決めることは、それこそ「意識高い系」のうざさと同質のものである。気づいているだろうか？

高いか低いかではなく、僕は持続が大事だと思う。低い意識であっても、長くコンスタントに持続する意識なんて、けっこう高価値だと思うのだ。「意識高い系」も、瞬間的な高さで嫌われているのではないだろうか。

1st period

6 /100

意欲を見ようとするから、意欲さえ見せれば、となる悪循環。

大学の入試に、個性的な才能を選ぶシステムが何度も試された。受験勉強に勝ち残る画一的な人材だけではなく、もっと個性や意欲を見ようとして、面接なども取り入れられた。しかし、結果を追跡調査すると、成果はあまり表れていない。

どんな変わった試験を導入しても、すぐに受験対策が練られ、学力が高い生徒だったらそれに応じた準備をしてしまう。たとえば、小論文などを書かせても、大勢が同じような決まったことを書いてくるから差別化ができなくなる。また、最初のうちは、新しい試験で変わった人材が得られても、そういった人の多くは大学の教育に向いていないことがわかって、途中で脱落したり、離れていったりしてしまう。明らかに失敗だとわかる報告が存在しているし、その試験方法が取りやめになるケースも少なくない。

「意欲」を測ろうということが、そもそも雲を掴(つか)むような話で、口で言うのは簡単だが、実現は本当に難しい。なにしろ、意欲なんてものは、それがあるように見せかけることが簡単なのだ。数学の力があるように見せかけることに比べて、百倍も易(やさ)しい。

志願者に、時間をかけて打ち込んできたものをプレゼンしてもらう、といった方法ならば、面接よりは多少真実を観察できる。それでも、その時間のかけ方が本当かどうかはわからないし、本人がすべて自分でやったものかどうかもわからない。

僕が大学にいるときも、周囲の先生たちは、とにかく学生の「意欲」を重視していた。それは、意欲さえあれば成し遂げられる、という信念に基づいている。これには、僕は反論しない。そのように観察されるのは事実だからだ。しかし、現象としては、こつこつと長時間努力することを「意欲」と呼んでいるように思えたし、また、結果を出せそうな姿勢に、先生が「意欲のようなもの」を感じてしまっているとも見受けられた。

つまり、「意欲」というのは、多くの場合、その仕事を統率するリーダから見たときの部下たちの挙動のことだ。リーダの指示に快く従えば、意欲があるように見える。

他の言葉にすれば、「やる気」である。実のところ、そういうものは状態を示しているだけで、持っているか持っていないか、あるいはそれが多いか少ないかを見極められるものではない。極論すれば、意欲なんてものは存在しないといっても良い。

幻想のようなものを見ようとするから、見せる方は幻想を演じることになる。ようするに演技力の勝負になってしまう。たぶん、社会においても、この演技力がものを言うわけだから、まんざら間違った評価でもない。でも、本質ではないのは明らかである。

1st period

7 /100

「自分にできることをしよう」というのは素晴らしいモットーではない。

それは、できることしかできないのだから、しかたがないことだ。胸を張って威張れるようなものではないし、みんなに訴えるほどのことでもない。できることをしない人が多いから、それを揶揄(やゆ)している響きを感じるだけだ。

「できること」はきっちりと定まっているものでもないし、不変でもない。そもそも、自分に何ができるのか、多くの人は把握していない。わからないのが当たり前だ。だから、「できることをしよう」ではなく、「できるようになろう」の方がだいぶましだ、と思う。

穿(うが)った見方をすれば、これは人の弱みにつけ込んだ物言いである。たとえば、ダイエットだったら、確実な方法は食べる量を減らし、運動量を増やすことだが、「これさえやれば」みたいな手法が横行し、大勢(僕の奥様を含む)がそれに飛びついて、お金を失っている。「自分にもできそう」感、その「簡単さ」に目が眩(くら)んでしまうのだ。

技術者を相手にしているときも同じことを感じる。なにか問題があって、それについて議論をしているとき、それぞれが自分が持っている手法で解決しようとする。そのために集まって議論をしているので、それはそれで正解なのだけれど、ときには、効率や成功確率よりも、既にある手法が優先される。というよりも、その手法でしか解決法を考えない、という思考の障害にさえなっている。

「褒めて育てよう」という子育て法が広まったのも、褒めることが親にとって簡単であり、できそうな手法だったからだろう。誰も不機嫌になって叱りたくない。上司と部下の関係であっても、褒める方が簡単だ。だから、「褒めることが大事だ」という方法論に飛びついてしまう。

「一日たった二十分で」とか「一日たった三百円で」と謳う宣伝も、「できそうだ」と思わせる戦略であって、簡単であることを強調している。はっきり言って、簡単な手法ほど効果は薄い。そんなことは誰にでもわかっているはずなのに、つい流される。

もともとは、「できることをしよう」ではなく、「できることを続けよう」だったのではないだろうか。つまり、大事なのは「続けよう」の方だった。できる範囲のことをこつこつと積み重ねる手法は、人が成功する王道ともいえる。そのとき、その場では、できることしかできない。しかし継続することで大きな問題が解決できる。この教訓の前半だけが残ったのは、やはり安易なものに流されやすい人の弱みゆえだろう。

1st period
8
/100

方針をころころ変えることは、目的を達するための最強の手法である。

「上の方針がころころ変わって、やっていられない」と愚痴を零したくなることはあると思う。僕も、大学に勤めていたときには、文科省や大学の執行部に対して何回かそう感じた。だから、方針というものは、一度決めたらそのままましぐらに進むべきだ、それが正しいあり方だ、という認識が一般的だと思う。

それは、「正しい方針」の場合にはそのとおりである。しかし、正しい方針かどうかはわからない。多くの場合、やってみないとわからない。結果で評価されるものだからだ。となると、ある方針で始めてみて、多少結果が得られた時点で、これで良いのかと検証する必要がある。もし不都合な結果なら、まだ効果は出ないがもう少し我慢して進めるべきなのか、あるいは早めに方針を変更すべきなのか、の議論になる。

方針や方法を尋ねたがる人は非常に多い。「どんなふうに子育てをすれば良いか」などが良い例だ。ある人は、「子供は褒めて育てろ」と言い、また別の人は「褒めると子供は駄目になる」と言う。両方の方針があって、それぞれ本も出ている。僕は、どちらかというと後者だと信じているし、そのように育てた。結果的に上手くいったけれど、サンプルはたかだか二人である。一般的な知見とはとてもいえない。

褒めて良い子になる場合もあれば、褒めて駄目な子になる場合もある。褒めても褒めなくても良い子は良い子になるのかもしれないし、褒めても褒めなくても悪い子になる子もいるだろう。一般論が大事なのではなく、自分の子供がどちらか、という判断なのだ。それには、褒めてみたり、叱ってみたりして、子供の反応を観察するしかない。つまり、結果をよく吟味(ぎんみ)して、そのつど修正するのが正しい。

「どんな方法が最適でしょうか?」という問いは、月に向けてロケットを打ち上げる方法を尋ねているようなものだ。たしかに打上げ方法は大事だけれど、どちらに向けて、どんな速度で打ち上げれば良いというものではない。月に向うその途中で、ロケットの状態を観測し、常に軌道を修正しなければ目的は達せられないのである。

ただ、方針を変えることは、エネルギィ的なロスを少なからず伴うだろう。設備投資したものが無駄になったりするし、子供は混乱してしまう。リーダとしての信頼を失うことにもつながる。しかし、リーダとしての信頼、親としての信頼を得ることが目的ではない。方針の正しさを証明することが目的でもない。ロケットを月に送ることが目的なのだ。業績を挙げること、子供の好ましい成長こそが最終目的なのである。

1st period

9 /100

成長するものの先を切ると、本数が増え、綺麗に生え揃う。

これが芝刈りをする理由だ。子供の頃から芝刈りのシーンをよく見てきた。アメリカンスタイルの個人住宅は、道路から家までの間に芝生があって、日曜日にパパが芝刈り機を押して刈っているのだ。

僕も十数年まえから芝生の庭を持つようになり、芝の手入れをする人間になった。その本質がわかったのは五年くらいまえで、やはり本を読み、自分なりに研究をした。

「長くなったら刈る」ものだと思っていた。つまり、芝刈りは、芝を短くすることが目的だと認識していた。それは間違いなのだ。芝を刈る目的は、芝を増やすことであって、つまり、芝の本数を増やし、緻密で綺麗な芝生を作るために、頻繁に刈るのである。したがって、「僕は少し長い方が好きだな」と言っている場合ではないし、「伸びたらいっぺんに刈れば良い」では意味がない。頻繁に先を少しカットすることで、芝は「この先は伸びられない」と思って（思うとは思えないが）、別の葉を出して対処する。だから、刈ることで増えるのである。

植木屋さんが、庭木を鋏（はさみ）でカットするのも同じ理由だ。伸びすぎたから切ってもらう、という人間の髪の毛とはだいぶ違うのである。もし同じ現象が見られるなら、男性の散髪店はもっと繁盛するだろう。僕は毛の長い犬を飼っているが、犬の場合も毛をカットしたからといって本数が増える傾向は観察できない。

この理屈を理解したのち、僕は芝刈りに本気を出した。この作業が効率良くできるように、ちょっと高級な芝刈り機も購入した。近所では、勤勉な庭師だと思われている。

芝だけではない。雑草も刈ると、短くはなるけれど本数が増えるので、びっしり地面が緑になって綺麗だ。雑草が醜（みにく）いのは、たちまち伸びてすぐ枯れてしまうからであって、頻繁にカットしていると、芝生のように美しい、と自己満足している。実は、樹の枝も同様にカットしたいのだが、二十メートルも三十メートルもあるから届かない。これは諦めるしかないが、隣のお爺さんは、樹のてっぺんを毎年カットしていると話していた。そうすることで伸びないけれど枝振りが良くなるらしい。

出る杭は打たれる、というが、出る杭を打つことで杭が増えるのだから、植物の生命力というものは凄いと思う。動物の場合は、一部の弱いものが脱落し、強いものが繁栄するシステムがあって、これが似ているといえば似ているかもしれない。

この傾向がなにかに応用できないか、と考えるだけで面白い。

1st period

10 /100

「将来に不安がある」と答えた人が多い、という馬鹿なアンケート結果。

将来への不安がない人間なんて、かぎりなく馬鹿に近いと思われる。人は、将来に不安があるからこそ、努力をし、毎日働くのではないのか。

もちろん、将来には希望もある。希望がなければ、これまた困ったことになる。希望を持たないと、今日の苦労がますます苦しくなる。希望は、ちょっと自分で考えるだけで生まれるので、人にきき回るのではなく、できれば、ちょっとは考えてもらいたい。

将来のことはどうなるかわからないから、考えても無駄だ、という楽観はよく聞かれるところだ。それはそのとおりで、明日死ぬかもしれない。いろいろ準備をしてもすべて無駄になる可能性がある。ときどき、ふと思い出すようにして将来を想像し、悪いことばかり考えてしまい、「ああ、いやだいやだ」とその思いを断ち切ろうとする。それで、その日その日を楽しく生きよう、それで良いのだ、となる。バカボンのパパか。

そういった無策が、結局は本当に惨めな将来の実現率を高めている。すなわち、不幸を育てる生き方である。客観的に見て、そうとしか評価できない。

人間はもう少し賢いはずだ。計画を立てて実行することができる。これができなかったら動物と同じだ。「ああ、立派だな」「これは凄いな」と人を感動させるものは、すべて計画を立て、苦労を重ね、少しずつ進めて実現したものである。そういうものを見て感動するのも、また人間だけなのだ。

一部の人は、自分の「将来」というものを他者が作ると認識している。たとえば、「政府になんとかしてもらわないと困る」と本気で考えている。これは、既に、動物園の檻(おり)の中にいるような状態だといえる。動物園の猛獣たちのように吠えるしかない。

動物だって、生きるために餌を探し、あるときは冬を越すためにそれを蓄えるのだ。少なくとも、餌をくれないのが間違っている、と訴えるのは、飼われている家畜やペットだけである。社会に対する不満を持つのは間違いではないけれど、それを第一理由だと考えてしまうのは、自分が飼われていると認めているためだ。飼い主に噛みつくしか選択肢がない人は、犯罪者にもなりやすい。

「人にぺこぺこして上手く立ち回るなんて好かん」と見栄を張る人間もいるが、まさにペットの心理といえる。野生の本能を失っているのだ。生きるために必要なら、隠れ、退き、従う。自分にとって有益な道だ。こうした野生の生きる勘のようなものを、大事にしなければならない。人間の最大の武器は、将来を見据える思考力である。

1st period

11

/100

「これをしたら負けな気がする」と思う状況が既に負けである。

罠(わな)だとわかっている、この一歩を踏み出すと釣られてしまう、みたいなときにこの文句が出る。意地でもこの一線は踏みとどまりたい、といった気持ちもあったりする。あるいは、これまであまりに簡単に乗せられてきたことに気づき、欲望のまま手を出してしまいそうになった自分にブレーキをかけている、ということを主張しているのだ。しかし、多くの場合、この台詞(せりふ)のあとには、諦めがつき、負けでも良いから、と手を出すことになるのだろう、と想像する。

ようするに、さほど危機感のある言葉ではなく、ある種のウィットなのだ。「なんか悔しくなるくらい魅力がある」対象を目前にして、一瞬だけ冷静になってみた、といった自己主張をしている。そもそも、勝ち負けでもなく、自分で勝手にほのぼのと意地を張ってみたにすぎない。

それに、このようにして一瞬だけ思いとどまってみるだけの人は、そもそもずっと負け続けている。その人の定義でいう勝ち負けでは、まちがいなくそうなる。むしろ、負けることに快感を覚えているから、こんな意地が最後に仄かに持ち上がるのだ。

逆の言葉はない。「これをしたら勝ちな気がする」なんて宣言するのは、将棋やチェスの場合だけである。ただ、この場合も「気がする」なんて曖昧なことは言わないはずだ。言うよりも、勝ってみせることで示せる。

「気がする」というのは、ツイッタなどでも非常に多い表現で、大勢の人が毎日、いろいろなことで呟いている。「なんか気になる」「面白そうな気がする」とかである。おそらく、ちょっと思いついたことについて、忘れないように書き留めておきたい場合か、あるいは、実行する時間はなさそうだが、気持ちだけでも誰かに伝えて、自分という人間の方向性を理解してもらいたい、ということだろう。僕に言わせると、そういう呟きばかりする人は、既に負けな気がする。

「気がする」は、「思う」よりも軽い。確信はできないから、もし間違っていたら教えてね、みたいな予防線が張られた表現だ。この自信のなさ、周囲を気にしている姿勢が、「負け」の要因となる。勝負に臨むリーダは、「敵はこう出てくる気がする」なんて言わない。それでは、メンバから「気がするだけですか？」と問われるだろう。もっと責任をもった言い方をしないと、人はついてこないし、人を導くこともできない。

僕は自信家ではないので、けっこうよく「気がする」を使う気がする。

1st period

12

/100

『作家の収支』という本を出してみて。

二〇一五年新書で上梓した『作家の収支』という本に、印税でいくら稼いだかというデータを公開した。出すまえには、担当編集者から、「ここはちょっと自慢に取られて反感を買いませんか」といった指摘があったけれど、「今の人たちには、金額を示されて、汚いなと受け取る感覚はなくなっている」と説得をした。

結果を見ても、「こんなことを書いても大丈夫なのだろうか」という声は多かったものの、否定的な反応は予想以上に少なく、僕が書いたエッセィの中では、かなり好意的に受け止められている。やはり、時代だろうな、と思った。五年まえだったら、もっと叩かれたことだろう。

本当は、この本を出そうとしたのは、五年まえだった。担当編集者がどうも渋い顔をするので、発行を遅らせた。なにに対しても少し早すぎる僕のことだから、自分でも待った方が良いだろうと思ったのだ。それは、正解だった。

TVにセレブが普通に登場するようになって久しい。お金持ちというだけで人気者には向かない、という時代は前世紀のことだ。セレブタレントに素直に憧れる世代が、社会でも中堅世代を占めるようになったということである。もちろん、日本の経済成長がこの「ゆとり」を生み出した。同様のことが、「高学歴」についても観察される。

さて、その本の中で、稼いだ金額を具体的に書いたところ、二種類の反応があった。一つは、「作家になったら、そんなに儲かるんだ」というもの。もう一つは、「人気作家になっても、その程度なのか」である。前者は、ぼんやりと想像していたものよりも金額が上だった。後者は下だった。つまり、後者の方が、「作家」というものを雲の上の人に見ていたわけである。前者には夢を与えたが、後者の夢は壊したことになる。

夢を与えることも、夢を壊すことも、ときには必要である。そのために具体的な数字を示す意味がある。綺麗な言葉で飾ったり、苦労ばかりを語ったりするよりも、より精確に伝わったはずだ。出した意味はそれなりにあったと思う。

特殊な内容だったらしく、方々で取り上げられた。新聞や雑誌やウェブ上の書評で多数紹介され、TVでも一部が使われた。だから、話題性はあった。しかし、いつも出している新書と比べて、それほど部数的には伸びない。そういったメディアの書評が、売上げにほとんど貢献しないことが、改めて確かめられた。Kindleで安売りされたときの効果の方が、各媒体すべての宣伝効果よりも数百倍大きい。

1st period

13

/100

森博嗣がサインをしない理由。

森博嗣はサインをしないことで有名なはずだが、いまだにサインを求められることがある。そのつど説明をしている。ビジネスとして小説を書いているから、そんな無駄なサービスはしない、と解釈されるかもしれないが、べつにそう受け取ってもらってもかまわない。サインをするには、手で文字を書くことになるけれど、その運動が僕は不得意だ、というのが一番大きな理由である。

読者にとっては、サインが価値を持つことはわからないでもない。だから、サインをする作家を非難するつもりはさらさらない。たとえば、尊敬する先生からサインをもらったら、僕は喜んでいただくだろう。

けれども、世の中にはそういった信頼関係以外でサインが流通している。人に売るために本や色紙を沢山持ち込んできて、サインを要求する人もいる。つまり、サインの価値で商売をしたいわけだ。書店に並んでいるサイン本も、ほぼ同じだと見なせる。また、サインをする方も、自分のサインが商品価値を持つことを知っているわけで、それを商品として売っているのと同じだ。その商品をオマケにして、付加価値を出そうとしているのだから。

僕は、サイン自体に商品価値があると考えていない。あれは単なる書いた字である。印鑑を捺すのと同じで、「印」なのだ。すなわち、何の印なのかが問題であって、先生に会った、先生からもらった、という証としての価値といえる。誰とも知らない人に売るためのものではない。だから、初対面の人にサインをするのは、僕は抵抗を感じる。

僕はサインの代わりに名刺交換をするが、この名刺は、そのつど自分で絵を描いたりデザインをして作っている。これは印ではなく、創作物だから価値が生まれる、と考えている。これならば、まあ許容できるか、と配布している。栞に自分のイラストを描くのも同じである。僕は、あくまでも創作物を売る商売をしているのだ。

ビジネスで小説を書いているのだが、さすがに自分で商品価値がないと思うものは売れない。その価値観の問題である。読者の価値観には一致しないかもしれないけれど、この判断は僕がするものだ、と思う。

歴史的に、サインというものがあって、人気者はそれをサービスするのが常識だろう。その常識（あるいは意味）が僕にはない。我が侭だと思ってご理解いただければ幸いである。

1st period

14 /100

僕は「根回し」する人です。

僕は、自分が興味を持ったものを買う場合、まず奥様（あえて敬称）に相談をする。この場合、彼女が肯定的だったら、すぐ買うというわけではない。否定的でも、いずれは買うことが多い。ただ、買うまでに時間をかけることに意味があるように感じている。奥様に根回しする以前に、僕は自分に対して根回しをしているのだ。

ようするにこれは、思いついたその場の勢い、すなわち感情的な高まりを信じていない、ということだと思う。もちろん、一目惚れに近いものもあるけれど、このような感情を排除しようとする姿勢をも乗り越えてしまうほど強烈な特例であるなら、それはそれでまったく後悔をしない。

そうそう、後悔をしたくない、ということだと思う。感情に流された判断というのは、感情によって変化しやすく、結果的に後悔しやすくなる。人の気持ちなんて定まらないものなのだ。

自分のものでない場合、家のものとか、奥様が好きそうなものとか、そういうのを見つけたときも、奥様に相談をする。すると、その場で彼女は「じゃあ、それ」と即決するのだ。竹をステンレスの鉈で割ったような人である。それでも、僕はすぐには買えない。あまりにも「じゃあ、それ」が多すぎるので、すべて実行に移していたら、大変なことになりかねないからだ。想像だが、彼女も、自分の主張が通る確率は低いと思っていて、だったら数打てば当る、という戦法に出ているのかもしれない。このあたりの駆け引きのノウハウは、一冊を上下巻に分けて書けるほど充実した内容だと思うが、極めて局所的なケースであり、普遍的な価値を持たないだろう。

「こういうのが欲しいな」とカタログや写真を見せてから、僕がそれを入手するまでには、短くて半年くらい、長いときは十五年くらいかかっている。この時間の長さは、奥様の力の強さではなく、また、僕の遠慮でもない。一つは、それだけの金額と交換する価値があるのか、自分はどれくらい欲しいのか、ということを確かめる時間である。もう一つは、それ以外の諸事情で、たとえば、値段とか、置き場所とか、使用頻度とか、扱う技術とか、入手の困難性とかである。

根回ししたけれど、結局は買わないで終わった、というものは、極めて少ない。つまり、ほとんどはいずれは買っている。簡単に諦めることがない。たぶん、僕は自分の欲望に関してだけは、とことん執念深いのだと思う。

1st period

15
/100

生産に比べて消費ははるかに簡単だ、というジレンマ。

あまりにも「当たり前だ」と言われそうなことを書こうとしている。子供のときに、「食べものを粗末にするな」と教えられる。「お百姓さんの苦労を考えなさい」とも言われる。何カ月もかけて作ったものを、一瞬で食べてしまう。その時間的な差よりも重要なことは、作るよりも食べる方が気持ちが良い、という点である。

作ることは苦労を伴う。消費にはそれがない。この対比は絶対的だろう。多くの人は、長時間働くことで、僅かな時間の楽しみを得ている。この世の鉄則みたいなものといえる(例外は少ない。引退後の森博嗣の生活くらいだろう)。

この絶対的比率があるかぎり、快楽の何倍もの苦労を伴うのが人生、ということになってしまう。なにか打開策はないだろうか。さっき、森博嗣が例外だと括弧の中にこっそり忍ばせてみたが、何故僕は例外になれたのだろう。

これは、僕が「消費」の中に「生産」を取り入れたからだ。別の言い方をすれば、「生産」の中に「消費」を見出したのかもしれない。

たとえば、おもちゃの機関車を買うのは消費であり、楽しいのは買うとき、買ったあと遊ぶときの一瞬であるけれど、同じ機関車を自分で作ると、何カ月も楽しさが持続するし、買ったときよりもずっと価値のあるものを手にすることができる。こうすることで、「消費」を見かけ上、大きくし、かつ長く維持できる。

また、仕事の中に自分の楽しみを導入する人は、「生産」中になんらかの「消費」をしている。これも、ジレンマ解決策の一つといえる。僕の場合、研究者だったときがそうだった。研究に熱中している時期には、工作をしたり、模型で遊んだりしなくても楽しさが間に合っていた。そんな都合の良い状況だったといえる。ただ、問題は肉体的な疲労だ。ここは気をつけないと、働きすぎになって躰(からだ)を壊してしまう。

だから、僕は趣味ではないものを仕事に選んだ。それが小説である。好きなものではないので、打ち込むこともなく、躰も疲れない。代わりに、消費の時間を増やして、工作に打ち込めるようにした。たぶん、多くの人たちは、この工作の方を仕事にして、趣味で小説を書く、というパターンになっているのだろう。僕の場合、それをひっくり返したから、一日に一時間の仕事で暮らしていける状態にたまたま至った。

時間をかけることに本当の価値、楽しさがあるものは多い。お金を出して買えば、一瞬で楽しさが得られるけれど、コストパフォーマンス的には低い、ということである。

1st period

16
/100

自由は高い。安いのは、自由っぽく見える不自由。

自由を獲得するためには、ある程度の犠牲が必要で、つまり簡単にいえば、出費がかさむ。個人差は大きいけれど、その人の中でも、相対的に高い買いものになるだろう。もちろん時間もかかる。簡単に手に入るものではない。この困難さが自由を作るといっても良いくらいだ。

その自由への道で、最も大きな障害は、「安い自由」である。「小さい自由」と言い換えることもできる。でも、安いし、手軽そうだから、つい手を出してしまう。ところが、いざ自分のものになると、小さな自由に見えただけで、自由の皮を被った不自由だと気づくことになる。交換した金は戻ってこないから、結果的にますます不自由になってしまうだろう。

以前に、「大きな成功を目指す上で最大の障害は、小さな成功である」という話をしたが、これとほぼ同じ。「成功」「楽しさ」「自由」というのは、表現するときの視点が違うだけで、実は同じ状態なのだ。

たとえば、自分でものを作り上げようとすれば、時間はかかり、工具などに資金が必要だし、場所も取る。案外、同じような商品が売られていて、これを買ってしまうことがあるだろう。「買った方が安いじゃないか」とそのときは嬉しいかもしれない。ところが、どうも今一つ満足できない。こういうことを繰り返しているとき、試しに一から自分で作ってみると良い。時間も金もかけて、場所も使って作り上げてみるとわかる。それだけ高い金を払った意味がきっとわかるだろう。そして、これが楽しさか、これが自由というものか、としみじみと感じられるはずだ。

自由は値段が高い。しかし、自由を獲得するまでの時間が長いため、結果的に、長く楽しめた、と感じられる。コストパフォーマンス的に上だ、と思えるだろう。

この結果、自由を求め、楽しんでいる人は、結果的に出費を節約することにもなる。安い買いものを頻繁にする方が「銭失い」となるのと対照的だ。僕が、「楽しさを知っている人のところへは自然に金が集まる」と発言したことがあるのは、こういったメカニズムである。

注意すべき点は、目先の自由のために、安易に手を出さないこと。たとえば、ローンや借金はNGだ。むしろこつこつと働いて、自由を目指す時間を楽しんだ方が良い。登山家が高い山を目指すのは何故か、と考えれば、この理屈がわかるはずだ。

1st period
17
/100

自分が何者かという観測が、戦略において最も重要な情報だ。

幾度か書いたが、世間で手に入る各種の「手法」「戦略」といったものは、地図として役に立つけれど、山の中で道に迷っている人は、みんな地図を持っている。迷うというのは、そういった道筋を知らないのではなく、「自分は今どこにいるのか」がわからなくなっている状況なのだ。従来の地図よりもカーナビなどが優れているのは、現在地を常に示すことができるからである。

仕事のやり方、生き方、などいろいろな地図が提示されているが、一番大事な情報は示されていない。それは、自分が何者か、ということ。どんな生き方をすれば良いかと言われても、ライオンなのかネズミなのか、それによって大きく異なるのは当たり前の話である。

もちろん、地図があると、現在位置を見つける手助けになる。自分の周囲に見えているものと地図を比較して、一致しそうなところを見つければ良い。もしわからなければ、少し移動してみて、また観測することになる。同様に、生き方も、まずは先人の例から、自分が何者かを測ることができるし、いろいろ実際に試してみると、さらに自分が何者かが明確になるだろう。

実際の「道」は自分の外側にあって、見ることができる。しかし、自分が何者なのかは、きちんと見えるものではない。むしろ、自分の目にとって、最も死角になっている。自分を観測するには、周囲が自分をどう扱うのか、自分がなしたもの、自分が作ったものを他者がどう評価するのか、という視点を持たなければならないだろう。

「そんなことはわかっている」とおっしゃる人が多いことと思うけれど、この他者の評価を自分の視点で再評価することが大事で、そうしないと、ただ周囲に流され、人を気にしてばかりの人間になってしまう。つまり、自分の視点で自分を見続け、見失わないようにする努力が必要だ。

自分をどう見るか、というとき注意しなければならないのは、希望的に見るだけではなく、客観的に見る、悲観的に見るなどの幅を持った観測が必要だということ。一つに決めない。幅を持って把握することが「正確さ」に近づける。こうした評価眼を持っていると、自然に戦略も幅を持たせたものになる。こうならばこうしよう、それが駄目ならどうする、と考えるようになる。「自分が何者かなんてわからないよ」と諦めず、いつも幅を持ってぼんやりとイメージしていることが大切なのではないだろうか。

1st period

18

/100

生きるとは、生まれ続けることである。

植物を観察すれば、それがよくわかる。樹は毎年葉を落とし、新芽を出し、新たな葉を広げる。動物も、新しい生命が生まれて、世代交替している。また、個体を見ても、新しい細胞を生み出して新陳代謝(しんちんたいしゃ)している。我々が「生きる」と言うときのイメージは、一つの細胞よりも長い時間を想定している。つまり、「生きる」とは、「生きている状態を続ける」という「存続」を意味する。漢字の「生」は、「生きる」と「生まれる」の両方に用いられている。

組織もこれと同じで、常に新しい人材を受け入れ、新しい事業に挑戦していくことで存続する。同じことをただ繰り返すだけでは生き残ることはできない。むしろ、ある業界において、企業自体が誕生して、消えていき、別の企業がこれに代わる、という新陳代謝が見られる。

個人の仕事においても、新しいことを覚えたら、そのあとは安泰という職種はまずない。一度覚えたら一生これで食っていける、といった特殊技能もないわけではないけれど、よく観察すると、その同じ作業の繰返しの中に、やはり新しさを生み出す努力がある。それがないものは、とっくに消え去っているといっても良い。組織の中にあっても、覚えたらできるという役柄は、リストラの対象になりやすい。

新しさを取り入れることは、若いときには当たり前だった。それを取り入れないと大人の仲間に入れてもらえない。仕事をさせてもらえない。つまり、生きていけないからだ。しかし、仕事を覚えてしまうと、もう安心とばかりに油断をする。これを続けてさえいれば大丈夫だと思い込む。これが危ない状態だと気づかない。運良くそれで定年まで勤め上げたとしても、その後はなにもできない老人になっていたりする。

「もうこの歳になったら、新しいものはわからない」と諦めて、ただ毎日ＴＶを見て新聞を読んで出てきたものを食べる。関心は自分の子供や孫にしかない。せいぜい、たまに旅行をして、名所、自然を愛でて、昔を懐かしむ程度。まるで死の待合室で大人しく座っているような存在ではないか。

老人だけではない。若者の中にも同じ傾向が見られる人がいる。どうせ自分には無理だから、時間がないから、面倒だし、あまり興味が湧かないし、と新しさを拒絶する。エネルギィを使いたがらない。「生きる」ためには少なからず「障害」がある。しかし、それらに抵抗し続けることが、「生きる」「生き続ける」という意味なのである。

2nd period

2限目

他人に委ねない創作思考論

2nd period

19 /100

小説に「自分を曝け出す」という感覚は僕にはない。

現実と創作の区別がつかない人はたしかにいる。小説で書いたことに対して、「これは私のことだね」とよく言われるが、一度も現実の人をモデルにしたことはない。僕にしてみたら、唖然とするだけである。同様に、作者の思想や欲望が織り交ぜられている、と言われても、「へえ」という感想しかない。べつに、どんなふうに誤解されても良い。そういった誤解を怖れていたら書けないし、誤解されるリスクがあるから、その代償として賃金が得られ、仕事になっているのだな、と理解している。

一番酷いときは、「これは明らかに私がモデルだが、私はこんなふうではない。みんなに誤解を与えるだろう」というお叱りもあった。こんなふうではないなら、それで良いではないか、と僕は思うのだが、たしかにその人が誤解し、その人の周囲の人も同じ誤解をすれば、その人の不利益になるから、間違っているともいえない。なるべく、紛らわしいことは書かないようにしよう、と最近は気をつけている。

「自伝的小説」と謳われた作品もある。本当にそうなら「自伝」とするだろう。もちろん僕が考えたキャッチではない。こういうことは日常茶飯事で、オビにあるキャッチは、僕の承認を得ているものだが、承認をするときには、「まあ、ぎりぎりOKかな」と考えている。編集者がどう受け取ったかで文言が決まるが、それは読者がどう思うかに近いものだから、僕がどう思わせたいかを書くよりは相応しい、と感じるのだ。ここでも、「誤解されてなんぼの仕事だし」と諦めて送り出している。

「作者はこういうのが好きなんだ」という感想がたまにあるけれど、悉く外れている。「自分の興味で書いている」とも言われるが、これも当っていない。自分の好きなこと、興味のあることで小説を書くという発想が、僕にはありえないものだ。

ただ、知らないことは書けないし、想像するしかないから、もちろん自分の経験から一部を取り出して補うしかないけれど、これは「補っている」パーツであって、メインのストラクチャではない。いわば、アクセサリィ的存在のものである。自分の経験から出すものは安物だと思ってもらっても良い。その部分に注目されると、「へえ、そこ?」と思うだけである。

問題意識を持った小説というものを、僕は書いたことがない。読者が、問題を見つけて考えるのは自由であって、その切っ掛けになるなら、それはラッキィだけれど、その問題について、僕は興味がないことの方が多い。ごめんなさい、正直で。

2nd period

20

/100

心を揺さぶられたい人が多いようだが、僕は人の心を揺さぶるのが嫌いだ。

「感動する」は自動詞である。感動は、自分でするものだ。「感動させられた」と受身で使うことは問題ないけれど、「誰か私を感動させて」といった「白馬の王子様症候群」の人が増えている、という話は以前に書いたとおりである。

「心を揺さぶられる」という表現は、「感動する」と同じ意味で使われるが、この言葉は最初から他動詞の受身である。しかし、「感動」がそうであるように、実際には心を揺さぶっているのは自分である。自分の頭脳が自分で考えて自分で感動している。「心」というものは実在しないが、それがあると見せているのも頭脳である。

あまりにも、「感動させてやろう」という姿勢が見え見えのものが増えているから、多くの人はそれに身を任せるようになり、つまり鈍感になっている。わかりやすいもの、お決まりの記号的な刺激でしか感動できないようになった。頭で考えて処理をするのではなく、ピストルの音と同時にスタートできるような反射神経で感動しているようなものだ。

「心を揺さぶられたい」という願望の言葉を耳にすると、「ピストルの音で私をスタートさせて」と言っているように聞こえて、「いつでも、好きなときに走り出せば？」と助言したくなる。

そういう意味で、僕はわかりきった記号的信号を自分から発する行為が嫌いである。これを撃てば多くの人が走るんだろうな、とわかっていて、なにも面白くない。もちろん、それが面白いと思う人も沢山いるから、彼らが好きなだけ撃てば良い。それは商売にもなるし、そういう銃声けたたましい世の中だ。そのうち、みんな慣れてしまって、誰も走らなくなるまで撃ち続けるのだろう。

もっと静かでいたい。感動というのは、春の野を歩き、今朝出たばかりの小さな芽を見つけて膝を折る、そんな優しく湧き上がるような発見ではないだろうか。

気づく人もいるし、見逃してしまう人もいる。でも、種を蒔いておく。いつ芽が出るのか、僕にはわからない。いつ見つかるのかも、わからない。「ここにあるぞ！」と大声で叫んで旗を振るのでは台無しになる、ということを書いているのである。

創作とは、そんなふうに種を蒔く行為だと思う。仕掛けはするけれど、人の心を揺さぶろうなんて考えたら、それは思い上がりというよりも、見当違いである。条件反射するロボットに向けて書いているのではない。人間が相手なのだから。

2nd period

21

/100

作品を執筆するときには、まず爪を切る。

これも何度か書いているが、今でもこのとおりで、新しい小説やエッセィを書くときに、最初にすることは両手の爪を切る仕事だ。そして、爪が伸びる以前に書き上げることにしている。

僕は、工作が趣味なので、この作業では爪はあまり短くない方が安全だ。爪は指を守るためにある。しかし、書斎でキーボードを高速に打つ場合は、爪は邪魔でストレスになる。万全のコンディションで臨むことは非常に重要で、受験をするなら虫歯を治せとか、ドライブに出かける前日は遅くまで本を読んだりモニタを見たりしないとか、いろいろ活かせる。ぎりぎりの状況を避ける。準備をするほど余裕が生まれ、余裕は良い仕事を生む。小説を書いてみようと最初に思ったとき、僕が一番にしたのは、座り心地の良い椅子を買うことだった。

僕の奥様は、これとはまったく反対の生き方を実践されている。彼女は、その場で思いついたときが意欲のピークなのだから、突発的に行動するのが合理的だとおっしゃる。こういう人と暮らしていると、なかなかタイミングが合わない。「せめて前日に言ってほしい」と何度要求したかしれないが、彼女にしてみると、「昨日は思いもしなかった」ということらしい。「明日のことなんて考えられない」とおっしゃっている。

であるから、僕のやり方が、みんなのヒントになるかどうかはわからない。ただ、こうやって用意周到に考える人間もいることだけは知ってほしい。そして、「こんなものが作れるなんて凄い」と驚く人は、きっとこの前日の準備ができないタイプなのだろうな、と僕は思うのである。

難しいことを少しでも易しくしよう、という工夫が「準備」なのだ。もし、その準備が難しいと思うのなら、準備の準備をすれば良い。「意欲」を待つよりは、実現確率は高い、と思われる。自分の能力や瞬発力や体力に自信がない人は、こうするしかない。

本書を執筆している真っ最中だが、初日にはページのフォーマットなどを整え、フォルダを作った。二日めには、七項目を書くという好スタートだった。書きやすいものから始めるから勢いもつく(小説だと、初日は千文字がせいぜいだ)。三日めには倍の十四項目を書いた。書くほど、書きにくい項目が残るから、次第に勢いがなくなるが、それでも一日に十五項目ほど書けば、七日もあれば書き終わる。

切った爪は、執筆が終わった頃には伸びているけれど、工作には使える状態だ。

2nd period

22

/100

「そろそろ厭きてきたなあ」と読者が言う数年まえに作者は厭きている。

これは、創作者一般にいえることかどうかは不明。ただ、森博嗣はこうである。たぶん、僕が人一倍せっかちだからだろう。移り気で浮気性で、ふらふらとして定まらない人間だからだろう、と思う。

小説を書くときなら、タイトルを決めて、プロローグを書いたくらいで、もう厭(あ)きてしまう。その作品についてはあまり考えたくなくなって、しかたなくあとは労働者のように執筆するだけになる。その労働にさえ、半分ほど書いたときには、すっかり厭きていて、次のことを考えているのだ。しかたがないので、自分自身を鼓舞(こぶ)するために、後半に山場を作ってみたり、アイデアを出し惜しみして、なかなか書かずにおくと、なんとか最後まで書ける。とにかく、自分を騙(だま)し騙(だま)し書いている感じだ。

逆に言えば、厭き厭きしているから、さっさと終わらせようという気持ちが強く働いて、執筆は短期間で終了する。何カ月もかけて書いた経験は一度もない。以前はせいぜい一カ月か三週間くらい。この頃は短い作品が要求されるようになったこともあり、二週間もかけない。

シリーズものもたちまち終えてしまう。最初のシリーズを十巻で終わらせたところ、沢山の読者に驚かれた。編集者にも驚かれた。執筆は実質一年間くらいの期間だったと思う。本は三年かけて出た。それでも、こんなに早くシリーズが終わってしまうなんて、という声を沢山聞いたのである。世間では、シリーズものというのは延々と続き、終わらないのが普通だと言われて、僕はびっくりした。そうだったのか、と。

その次に書いたシリーズもたちまち終わってしまった。以来、少し気をつけなければならないな、と改心して、できるだけ終わらせないように工夫をしているが、とにかく、自分の厭き性との戦いとなる。作戦としては、一度厭きて、ぐるりと回ってまた始める感覚で書けば続くのかな、などと試したりしている。お心当たりがあるだろう。

工作も作るのが早い。だから、「雑だ」とよく指摘される。子供のときからそうだったので、自制して意識して極力ゆっくりやっているつもりだ。この頃になってようやく人並みになったと自負しているが、基本的な「せっかちさ」が直ったわけではない。ただ、別の自分が手綱(たづな)を引いてコントロールしているだけなのである。

でも、こんなせっかちさがあったから、沢山の本を書けたのかもしれない。研究者としても、せっかちさは必要だったと思っている。悪いことばかりではないのだ。

2nd period

23

/100

ちょうど良い文章量になるのが、この仕事で身についた「腕」か。

作家になる以前から、文章を書く機会は多かったのだが、たとえば、論文などは文字数が限られている。中には、ページ数が指定され、そこに図面も含めてぴったり収めろ、という場合もある。文科省に申請する書類なども、四角い枠に大小があって、そこに文章を収めないといけない。ワープロがまだない時代にはもちろん手書きだから大変だった。ワープロが登場しても、今のようにフォントやフォーマットが微妙に調節できないから苦労した。本筋以外のことで気を遣い、面倒な印象をずっと持っていた。

作家になって、それがなくなった。小説はどれだけ書いても良い。編集部がレイアウトしてくれる。雑誌などでページ数が決まっている場合でも広告を入れたりして調整してもらえる。それでも、ときどき一行何文字で何行と指定してくる場合もあって、そこにきっちり収めて書くこともある。ただ、論文とは違い、もともと無駄話をしているのだから、付け加えるのは簡単だ。余計なことをいくらでも書ける。削る方がやや難しいけれど、削っても惜しくないものが多い。

この本みたいに、二ページぴったりと決まっているものも、特にストレスなく自然に書いている。どこを削ろうとか、何を加えようなんて考えたことはない。書きながら、もうすぐ終わりだな、と思うだけで、そこで書くのをやめれば良いだけだ。

読者の中には、ぴったりに収めるのが凄い、と感想に書いてくる人がいるけれど、全然凄くない。技でもない。まあしいて言えば、物書きの腕が覚えている、くらいだが、そこまで格好良くもない。

アナウンサなどは、所定の時間でぴったり収めてしゃべるそうだ。訓練というほどのものは必要なく、人間は、それくらいのことは自然に覚える、というだけのことだろう。僕は講演会を何回もしたけれど、しゃべりたいことを時間内に言いきったと感じたことは一度もない。でも、論文の口頭発表は、若いときこそ練習をしたけれど、さすがに十年以上繰り返していると、練習しなくても、読む原稿がなくても、時間内で説明ができるようになった。

たぶん、自分から発したコンテンツでないものだと、こうはいかない。人のことを紹介するとか、人から聞いたことを伝達する場合は、所定の量に収めるのに苦労をするだろう。オリジナルであれば、そもそも「量」というものが変幻自在なのだ。削ったものは次に回せるし、足りない分は同じ泉から湧き出るだけのことである。

2nd period
24
/100

誰もネタばれを止めることはできない。

ミステリィ（小説でも映画でも）にとって、種明かしをしてしまうこと、すなわち「ネタばれ」は、面白さを大きく損なう障害だった。ミステリィファンも、これを極度に嫌い、ネタばれをする人を非難してきた。その文化はもちろん今も健在だ。

しかし、多くの大衆は、そうは思っていない。「ネタばれ」が悪いことだと認識していないどころか、何がネタばれなのかもわかっていない。これは何が「ネタ」かを意識していないためだ。この物語では、どこでみんなをびっくりさせようとしているのか、という点を意識していない。ただ、自分はそこでびっくりした、と思うだけなのだ。

したがって、普通の人は、「僕は犯人が○○とわかったときびっくりした」と人に話してしまう。そのとおり正直な物言いだ。このように、具体的に内容を話す方が情報としての価値があり、自分はそれを知っている、と誇っているとも取れる。

ほかの人が見ても、同じようにそこでびっくりするよ、と教えたいのだが、結果を知ってしまったら驚きがなくなる、という点については考えが及んでいないのである。

二〇一五年、僕の小説がアニメになった関係で、沢山の雑誌にその紹介が載ったのだが、ほぼすべて「ネタばれ」を含む内容だった。酷いものは犯人が誰か書いてあった。僕や担当編集者が変更できるものは、すべて毎回そこを直した。十回や二十回ではない。アニメを宣伝する人たちには、ネタばれの観念がない。むしろ、あらすじを教えるのが自分たちの使命であって、情報で付加価値を出そうとしているようだった。そういえば、最近の映画のプロモーションなどを見ていると、一番キモの場面を平気で出したりする。面白い部分を曝(さら)け出せば、客はとにかく見にきてくれる。見たあとがっかりしても関係ない、という方針らしい。最近のネットのCMは、ほぼこれだ。

プロがそうなのだから、素人のブログやツイッタなどは、ほぼネタばれの嵐と化している。こうなることを見越して、僕は十年もまえにミステリィから撤退したのだが、今ミステリィで仕事をしようとしているクリエータには、まさに嵐の逆風だろう。ファンによって、ミステリィは潰されている。ミステリィファンのほんの一部、つまり生粋(きっすい)のファンは怒っているだろうけれど、あまりにも少数派になってしまった。ネタばれを呟いたところで炎上にもならない。炎上させたら、ますます広まってしまうからだ。

悪いことだとわかっていない点が救いようがないし、それほど、「ネタ」というものが軽んじられていることを、クリエータは理解しなければならないだろう。

2nd period
25
/100

「オマージュ」「インスパイア」「リスペクト」などと煩い昨今。

二〇一五年は、谷崎潤一郎フェアの一環で小説を出した。だから、谷崎へのオマージュ作品だと受け取られたようだ。べつにそう取られても僕に不都合はない。また、僕は小説を書くときにいつも他書から引用をするのだが、やはり「インスパイア」されたとか、「リスペクト」だとか言われる。これも、べつにそう思ってもらってもかまわない。

実は、どちらもそうではない。その証拠を見せろと言われても困るが、たとえば、僕は谷崎の『細雪』は読んでいないし、『アンドロイドは電気羊の夢を見るか？』も未読である。これでは、オマージュではない証拠には不充分かもしれないが、特別にこれらの作品に思い入れがあるわけではないことは、ご理解いただけるかと思う。

谷崎作品は、けっこう読んでいる。好きな作家の一人ではある。筒井康隆も、大好きな作家で、目にしたら読むことにしている。したがって、僕の作品がこの二人の影響を受けていることは否定できない。でも、どの作品なのかというと、それはわからない。

経験したことも、読んだ本も、聞いた話も、学んだことも、考えたことも、すべて一つの鍋の中に入って、ぐつぐつと煮込まれているのだ。全部が跡形もなく溶けている。その鍋からときどきスープを少量取り出して料理に使う。人間の頭というのは、そんな感じである。否、少なくとも僕の頭はそんな感じだ。

どちらかというと、良いなと感じた作品には近づかない方が良い、と考えている。何故なら、その良さは既に世に出ているからだ。違う方向のものを書かないと、作品の価値が出ない。だから、リスペクトであれば、そんな反発として表れるかもしれない。

僕は、小説をほとんど読まないのだが、若い頃はけっこう読んだ。でも、これまでにせいぜい千数百冊だろう。千二百冊だとすれば、だいたい一年平均二十冊になるけれど、今は年間一冊か二冊くらいに減ってしまった。減った理由は、小説家になったからだ。他の小説を読むと、きっと「上手いなぁ」と感動し、こういう方向性のものを書いたら駄目だな、と思うから、どんどん作品が書けなくなる。自分の作品でさえ、一作書くごとに、「同じものは書けない」となって、そちらの方向は閉ざされるから、書くごとに、自由度は失われるのである。

みんながどう思っているかは知らない。ただ、僕はそう考えているので、「この作品は何のオマージュですか?」という質問には途方に暮れてしまう。「オマージュ」という言葉さえ、使ったことがないし、今でも意味がよく理解できない。

2nd period
26
/100

「話が進まない」って何でしょうか？

小説作品に対する感想で、「なかなか話が進まない」と言われることがあるが、話が進まないって、どういう意味だろう。話以外のもので、文字が消費されているとしたら、どんなものがそれに該当するのか。登場人物が突然自分の蘊蓄を語りだし、何ページにもわたってしゃべり続けるとか？　それとも、主人公の独白と見せかけて、作者の思想なり哲学を語りだしてしまうとか？　京極夏彦（きょうごくなつひこ）か森博嗣か？

ときどき、物語の時間が進むと驚かれる。シリーズものは時間が進まないと多くの読者が認識していたらしい。サザエさんちじゃないんだから、と思ったが、どうも僕の方が異端だったようだ。でも、海外のシリーズ小説は、登場人物たちがみんな歳を取るように思う。日本は、そうではない？

小説というのは、たとえば、二人が無言で散歩をした場面を描写すると、風景を丹念に書いたとしても、数行で終わってしまう。一方、二人が会話をした場合には、それだけで何十ページも書けるだろう。読者を厭きさせてはいけないので、適当に切り上げるけれど、こういった場合、話が進まないのはどちらだろうか。

ようするに、話が進むと、時間が進む、の違いがどこにあるのか、と考えてこれを書いているのである。自明？　そうは僕には思えない。

少し違う話題だが、「僕はまた溜息をついた」という文章を書くと、校閲が「溜息をつくのは一回めですが、ママ（現状のままの意）でしょうか？」と指摘してくる。つまり、一回めの溜息が書かれていない、ということだ。僕は、「また」と書くことで、これが一回めではない状況を表現したのだ。一回めを書かなくても、それが示せると考えて書いているが、どうも読者はそうは読まないらしい。「思わず僕は立ち上がった」と書けば、「いつの間に座ったの？」と不思議がられる。そんな指摘をするなら、溜息をつくためには息を吸わないといけないのに、どこにも息を吸ったと書いてないだろう、と思うのだが、いかがだろうか？

実は、これが関係のない話ではない。登場人物が、前作と違う人とつき合っていれば、小説にならなかった間の時間で、そういう別れと、出会いがあった、と僕は考えるけれど、読者は、文字で書かれた世界がすべてだと認識しているから、「矛盾している」と怒られたりする。「いつの間に髪が短くなったんだ？」問題にも発展するのだ。ようするに、「話」なんて、常に進んでいるものなのである。

2nd period

27 /100

「オレオレ詐欺」のフィルタリング機能。

「フィルタリング」というのは、選別するという意味である。土から小石を取り除くときに使う篩（ふるい）という道具がそれだ。花粉を避けるマスクもフィルタである。

たとえば、森博嗣という作家は、Ｇシリーズにおいて、「ついてこられる読者をフィルタリングしている」疑惑の渦中にある。これを読み続けられる人は、それなりのタイプの人だから、シリーズ後半でそのタイプに特化したサービスを用意しているらしい。これは冗談だが（冗談か！）、本当のところは作者にきいてみないとわからない。

そこまでいかなくても、順番にものを見せる場合には、最初に出すもので、相手を選別することは、ごく一般的な戦略といえる。まず、そういったものを受け入れる人を見極める。たとえば、最初は赤字覚悟の値段をつけて、それに興味があって「安かったら買う人」を選別する。対象が絞られると、その後の商売がやりやすい。

「オレオレ詐欺」なんかは、「もしもし、オレだけど」という曖昧な言葉で、相手がどう出るか見ているわけで、ここで、「誰だよ？」と言われたら、電話を切る。誰なのかわからないまま話を聞いてくれる人は、それだけでも騙されやすいお人好しの人だから、次のステージへ進み、さらなるフィルタリングにかけるのだ。

これがもし、相手の家庭事情を丹念に調べ上げ、巧妙な作り話で騙そうと企てると、最初のフィルタリングがなされないため、知性を持ち合わせた疑り深い相手に当ってしまう可能性がある。こんな場合は、警察に通報される危険も高い。

したがって、最初から詐欺だとわかるようなレベルで電話をかけることで、そういった人間にはすぐに電話を切らせるように仕組むわけである。それなら、むこうもいちいち警察には通報しないだろう、と読んでいる。わざとレベルを落とし、相手の特性を最初に測るということだ。

作家も最初から最高のものを見せない方が良い。これで面白がるなら、もっと面白いものがありますよ、と見せられる。最高のものを見せてしまうと、フィルタリングで大勢が残ってしまうから、その後が難しくなる、ということ。でも、最初はできるだけ沢山獲得したいというのも、商売の常であって、このあたりは作戦が必要だ。

日常的に、こういったフィルタリングは行われている。「探りを入れる」みたいな言葉もある。気づかないうちに、相手のフィルタで選別されかけていることが多い。つまり、自分が選んでいるはずなのに、実は自分の方が選ばれているのである。

2nd period

28
/100

自分の苦労を表に出すのは、アマチュアの特徴といえる。

プロは、そういった「過程」を見せない。見てもらいたいものは「結果」なのだ。完成品を純粋に評価してもらいたいから、「過程」は邪魔になる、と考えている。

しかし、そんなプロも、死後に伝記などで、過程が明かされ、人々の感動を誘うことが多かった。大衆は、人気者のプライベートを知りたがる。完成品を見ただけではその凄さが充分に理解できないので、なんらかのストーリィを欲しがる。しだいに、そういった内幕が逸話として明かされるようになり、逆に人気を得るための材料として利用されるようになった。

本来、一流のプロであれば、苦労話などしなかった。苦しいことがあっても、何食わぬ顔で仕事をしたものだ。そこがプロ根性と賞賛された。明かすにしても、ずっと時間が経ってから、若いときの苦労をほんの少し暴露する程度だったはずだ。

今はだいぶ変わってきた。若いうちから、こんなに苦労しています、とＰＲする人が増えた。病気もすぐに報告し、その苦労をリアルタイムで報告したりする。

そういったものを見ている大衆は、自分もそれがしたいと思う。それが、インターネットの普及でタイミング良く、手軽に実現できるようになった。

初めは、なんらかのコンテンツの過程を報告するものが多かったが、しだいに、コンテンツはどうでも良くなり、日常だけを綴（つづ）るようになった。自分が生きていく「過程」を見せよう、逸話（エピソード）だけを綴ろう、というわけである。

逸話とは、広くは知られていない話のことであるが、これを誰に問われるともなく、自分から発信しているのが、今の大衆である。実際には見ている人は少ないけれど、まるで世間に注目されているかのような幻想を見ることができる。

このように、二段階飛び越えている。過程を見せないのがプロ、しかし、今はプロも逸話を語るようになったところで一段飛び、その逸話だけを語っているところで二段めを飛ぶ。本来どうだったのかがわからない、不思議な行為になってしまった。

良い悪いの話をしているのではない。みんな好きなことをすれば良い。自己満足が得られることが人生の第一目的なのだから、文句を言われる筋合いではない。僕も、もちろん文句を言っているわけではない。ただ、不思議だ、と感じるだけである。

そこに欠けているのは、他者の役に立つかどうか、という視点だと思う。他者を意識しているのに自己満足が目的、というズレがどうにも不可解なのである。

2nd period
29
/100

素人の工作者ほど仮組みをする。

僕は工作が大好きだが、未熟である。だから、ものを作るときに、何度も仮組みをする。これにはニつの理由がある。

一つは、「現物合わせ」と呼ばれる手法を採用しているので、材料を実際に合わせて寸法を写し取り、穴を通すときにも、実際に穴をあてがって位置をマークするのだ。

もう一つの理由は、仮組みして、全体のフォルムというかバランスというか、そういったものを見て確かめている。イメージと違えば、随時変更することになる。実際に仮組みしてみて、不具合が見つかることも多い。

プロはこういったことはしない。完全な設計図をまず描く。その図面に従って、精密な工作をすれば、組立ては一度で済むのだ。仮組みの必要がない。

設計図を描くのは大変な労力で、実際の加工よりもはるかに長い時間が必要だが、この「設計」の時点で、仮組みに相当する確認が既になされているし、また全体のイメージも精確に捉えられている。そのうえ、プロは加工精度が高いため、寸法や位置を既加工材から写す必要がない。図面さえ完成していれば、どの順番でパーツを作っても良いし、誰が作っても良い。大勢で大量にものを作るときには、この方法が有利となる。

未熟でなくても、一人でものを作るときは、前者の手法で進めることが可能で、この方が楽しいとわざと選ぶ人もいる。作りながら図面を描く感覚ともいえる。建築でも個人住宅程度の規模であれば、棟梁(とうりょう)がその場で細かい寸法を決められるので、現場合わせで作られる部分が多くなる。

僕は、建築学科の出身で、建築の教育を受けた。設計製図なども四年間授業があった。自宅を設計したこともある。このとき、完成した家を見て、その中に入って感じたことは、「設計どおりだな」ということだった。つまり、設計者というのは、ものを作る以前に、図面を描く過程で、ほぼ完成品を「見て」いるのである。

ものができていくプロセスを眺めることは、もの凄くエキサイティングだし、またものが完成したときの達成感も素晴らしい。こういった体験は、設計図を描くのとほぼ同じだということである。図面があれば、あとは労働としての作業が残っているだけだ。これが、すなわち「設計」という行為であり、英訳すれば「デザイン」である。

プロは最初にデザインする。アマチュアは作りながらデザインしている。この違いだと思う。ちなみに、僕は小説をデザインしながら書いているから、やはり未熟かな。

2nd period

30

/100

図書館のために損をするのは、売れない作家である。

図書館で小説の新刊がすぐに貸し出されることはいかがなものか、という議論がずっと繰り返されている。本来、著作権のある創作物を無料で提供するというのは明らかに違法行為だし、また、国民・市民の税金を、ほんの一部の利用者の娯楽のために提供するのは不当だ、と僕は考えているけれど、歴史的な経緯もあるし、またそういう不当なものは図書館だけではないので、特に大声で叫んで運動したいなどとは思わない。

僕が話しているのは、娯楽と見なされる本の話であって、学術書、資料、地図、図鑑などは、個人でなかなか買えないので、図書館の存在意義はある。これは別の話だ。さて、反対の意見もある。図書館は、売れない本でも買ってくれるし、大衆に向けて紹介してくれるのだから有意義だ、というものだ。

それから、人気作家は、何万部も何十万部も本が売れるのだから、図書館で読まれる本の比率はそんなに大きくない。儲けているのだから、これくらい見逃せば良いではないか、という意見もあるだろう。これは、そのとおりかもしれない。でも、実はここが大きな問題でもあるのだ。

ある図書館では、ベストセラ作家の本を二十冊以上購入していた。予約が殺到し、それでも半年も待たないと借りられないという話だった。つまり、一冊を三十人くらいは読むが、図書館になければ半数が本の購入者になる可能性があったと仮定して、約三百冊の本代が出版社の損失になる。こんな図書館が千館あれば、三十万冊分の損失だ。作者の印税が一冊で百円と仮定すれば、作家は三千万円の損害を被る（架空の話をしていることを忘れないように）。

さて、ミリオンセラの作家ならば、この程度は「まあ、しかたがないか」で済ませられる金額だろう。しかし、出版社は作者の印税よりも多くの利益を得ているわけだから、仮に三倍として、この一冊について、一億円近い損失になる。こういった本が何冊もあるわけで、さらに損失は大きくなる。

この出版社の損失は、結局どこへしわ寄せが行くのか。それは、「売れない本は出せない」という事業縮小になる。酷いときには、出版社が潰れる。そもそも、利益が出ているからその余裕で、少々売れなくても将来性を信じて出している本が大多数なのだ。

図書館で読まれるだけで嬉しい、と言っている作家が、結局は図書館のせいで将来の仕事の機会を奪われているのは確実である。

2nd period

31 /100

ですます調っていうのは、兵隊言葉なのである。

日本語の文章は、今は、「だ」「である」を用いる「である調」と、「です」「ます」を用いる「ですます調」にだいたい分かれている。なるべく混在しない方が良い、とされている。この本の本文は、「である調」です（矛盾を誘って）。

現代的な小説が台頭した明治時代には、古来の文章形式に従ったものから、大衆が日常会話で使った言葉まで、日本語は今よりは多様だったらしい。古い言葉というのは、今は、古文とか和歌などで触れるくらいしかない。時代劇で、「〜でそうろう」みたいな言い方を聞いたこともあるだろう。最後が、「なり」で終わるような漢文調みたいなものもあったが、既に絶滅寸前だ。

それで、「である調」は、学術書や論文などで用いられる硬い言葉で、文章では普通に用いられるが、これで話すとしたら、講義や演説くらいで、親しい人にこの口調でしゃべる人は珍しいだろう。多くの人は、丁寧に話すときは、例外なく「ですます調」であって、親しい人には、もっと砕けた口語体になる。ただ、文章には使わない。たとえば、「だよね」とか「だったりして」みたいな言葉だ。

「ですます調」というのは、古い文献を見ると、「兵隊言葉」と呼ばれている。つまり、軍隊の中でこの言葉で話したらしい。兵士が上官に向って報告するときに、「○○であります」と言うのを思い浮かべて、ほう、そうなのか、と思った。「そうろう」では諄（くど）くなるし、「である」では敬意が感じられないからだろうか。

「である調」と「ですます調」の混在は、まったくいけないわけではない。この頃の書物でも、ときどき混在するのを見かけるし、さほど不自然でもない。だんだん、緩んできたのかもしれない。僕も、ときどき混在させることがあるが、この「変調」が良いアクセントになる場合があって、効果はあると考えている。

日本語が持っているリズムには、漢文（というか、漢文を日本語に読み下した文章）が基調になっているのは、多く語られ、誰もが知るところだが、今でも正式な文章などで用いられる。格調が高く、これを名文と感じる層もまだ生きている。

一方で、話し言葉をそのまま文章にしたものは、もう溢れ返るほど増えていて、全然珍しくない。僕が経験したものでは、野崎孝（のざきたかし）訳『ライ麦畑でつかまえて』（サリンジャー著）が最初だったけれど、たしかに「こんな文章があるのか」というインパクトがあった。

小説家になった今では、正直、「文体なんかどうでも良い」と考えている。

2nd period

32

/100

スプレィ缶の穴あけでポップアートをやらされた。

僕は、スプレィ缶をあまり使わない。塗料を吹き付けるときには、スプレィガンとコンプレッサを使う。その方が色の調合ができるし、綺麗に仕上がるからだ。奥様が、けっこうスプレィ缶を使って工作をなさっている。ペンキ塗りをしているところもよく見かける。さすがにイラストレータだけあって仕事が速い。あっという間にベンチがピンクになっていたりする。

先日、空になったスプレィ缶に穴をあけてほしいと頼まれた。捨てるときにそうした方が良いということらしい。穴をあける道具も買ってきてあって、昔の缶ジュースを飲むときに穴をあける道具みたいな、小さな金具だった。

穴をあけるのは簡単だが、残っている塗料が吹き出す。数秒で収まるものの、穴をあけた瞬間に噴出するので、手には確実に色が着く。飛び散るので困るなあ、と思いながら作業を続けると、「ちょっと待って」と言い残して、奥様は家の方へ走っていった。なにか汚れないようにシートかタオルでも持ってくるのか、と思ったら、古い郵便ポストと金属のバケツを両手に持って戻ってきた。そして、「これに、吹き付けて」とおっしゃるのである。つまり、塗料が飛び散ったポップアートにしてくれ、という要求らしい。その方向へ発想するのが、いかにも芸術家である。

しかたないので、まだ二十本くらい残っていたスプレィ缶を、そのために使うことになった。穴をあけてから、二秒か三秒しか吹き出さないから、その短い間に、ポストとバケツに向けて色を飛び散らせることになる。これをしている途中にも、「駄目駄目、黒がさきで、銀はあと」みたいに注文がつく。

「やってみる？」ときいてみたが、とんでもないという顔で身を引くジェスチャである。突然こんなことをするはめになった僕は、しかし文句も言わず、最後までやり遂げた。終わったときには、奥様はまあまあ満足された様子だったのでほっとした。

しかし、手は滑って(すべ)ものが持てないほどどろどろに塗料を被っているし、穿(は)いていたけっこう新しいジーンズにもさまざまな色が飛び散っていた。奥様にズボンの惨状を見せると、「おっしゃれぇ」とおっしゃったので、返す言葉もない。修羅場と化したその場を離れ、ウェスで手を拭い、シンナで汚れを落としたうえで、洗面台の鏡を見たら、伝染病にかかったみたいな顔になっていた。せめて前日に言ってくれたら、もう少し防御態勢を整えただろう。芸術はインスピレーションなのだ、と思い知らされた。

3rd period

3限目 埋もれた本質に気づく認識論

3rd period
33
/100

「本質」というものは、いつも中心にあるわけではない。

本質は、むしろ端っこに隠れている場合の方が多い。何故なら、本質があまりに極論だったり過激だったりするとき、広く世間に受け入れられるように、周囲をバランスよく飾り付けて、これなら刺(とげ)もささらないだろう、という感じで送り出すことが多いからだ。本質を見通すことができる人は、そういった作為を見抜いているから、「ああ、そこか」と気づく。それで本質が伝わる。けれども、飾りに惑わされる大勢には伝わらない。すぐに伝わらなくても良い。伝わると反感を買ったりしてマイナスかもしれない。しかし、少しずつ雪が解けるように、それは表れる。

端っこよりもずっと外に飛び出している本質もある。これは抽象的でわかりにくいかもしれない。さすがにそのときには誰も気づかない。しかし、長い時間ののちに、「ああ、あれだったのか」と気づくことになる。そういえば、あのとき、匂わせるようなものがあった。それだけではわからないが、その次、その次と見せられて、ようやく、「そこか」とわかるみたいな感じだ。

それはまるで、カーブしたトンネルを走っているとき、出口がどこかと探すのに似ている。真っ直ぐ先には暗闇しかない。けれども、道がそちらへ向っている。あるとき、出口が見えてくるが、それまでは視界の外にあったのだ。

見えるもの、観察できるものに囚われていると、「外」になる。トンネルを走っているときに、山の上から俯瞰(ふかん)し、透視する視力があれば、出口が見えるということ。

トンネルは、道を隠すために作られたのではない。飾り付けではない。その道が、山の向うへ抜ける最適なルートであり、それがトンネルの本質だ。目の前に見えているものに囚われるから、出口がないように見えてしまう。

道が真っ直ぐなら、トンネルの出口は視界の中心にある。人は、見えないものに対して、真っ直ぐな予想を立てがちだから、つい本質がその中心にあると思い込んでしまうのである。

今自分が進んでいる道が真っ直ぐでも、もう少し高いところから眺めて、目的地の方向と現在の地形を確かめることが大切だ。「高いところから見る」というのは、自分を必ずしも中心に置かず、広い範囲と、長い時間のスパンで考えることである。

明日の天気だって、日本付近の天気図で判断しなければ予想できないのだから、それくらいぐんと高いところへ視点を引く必要があるだろう。

3rd period

34
/100

「自分の目で見ないと信じられない」と言う人ほど、見て騙される。

このまえ、吉本ばななさんと羽海野チカさんからメールがあって、「信じられない手品のおもちゃがある」と知らせてきた。懐中時計のような文字盤に、針が一本ある。端の方に穴が開いていて、棒を差し入れると文字盤を突き通すことができる。針は最初この棒の上にあるのだが、スイッチを押すと、棒をすり抜けて下に来る。この不思議を「どうなっているのか、解明してほしい」と動画まで送ってきた。

すぐに「針は反対側をぐるりと回っているだけでしょう」と返事を書いた。そのあと、追伸で「もしそうでないなら、反対側にスペースを作らないデザインにしたはずです。その方が不思議なのに、しない理由があるということ」とも補足した。

これで僕は解決したと思っていたら、その数カ月後、二人が遊びにきたとき、そのおもちゃを持ってきて、まだ不思議だと言う。「だって、そうは見えないもの」との主張だ。目を凝らして見つめていても、針はぐるりと反対側を回っているとは見えない。すり抜けているように見える、と言う。「でも、ピストルの弾だって見えないでしょう？　見えないからといって、可能性を否定しない方が良いのでは？」と説明をした次第。

　マジックを目の前で見せられると、誰でも「不思議だ」と思うだろう。それは、自分の目をあまりにも信じているからだ。マジックは、人の目が捉えないような盲点をついてくる。したがって、見たものではなく、考えられる可能性で、不思議を解決するしかない。これまでに、僕は自分で解決できないマジックを見たことは一度もない。もちろん、可能性は複数あるので、そのどれが正解かはわからないし、僕が思いつかない可能性もありえる。しかし、僕にとっては、可能性を思いつくことで不思議を解消できる。

　お化けや霊魂の存在を信じる人も、きっと自分の目で見たもので判断をしているのだろう。見間違いも聞き間違いも日常茶飯事なのに、一回見たら信じてしまう。やはりインパクトがあるからだろうとは思う。でも、そういった現象を説明できる可能性はいくらでもある。僕は、幽霊を見たことがないので、「自分で見たら信じるよ」と言ったことはあるけれど、実のところは、見たくらいでは信じられないと思う。幽霊が警察に捕まって、大勢で科学的に計測されないかぎり、それは「存在しない」といえる。

「幽霊がいないと科学的に証明しろ」とおっしゃる方がいるが、存在の有無を議論するとき、証明が必要なのは、「存在する」と主張する側である。存在しないことを証明するよりも、存在することを示す方がずっと簡単だからである。

3rd period

35/100

何を読んだら良いのかと他人にきくような人間は、本を読むな。

これはいくらなんでも言いすぎだろう。炎上を狙って書いたわけではないが、どういう意味かを説明しよう。

僕は、本を読むことの価値の八十パーセントくらいは、どの本を手に取るか、ということにかかっていると感じている。つまり、自分が何を読みたいのか、ということに自分で答えることが、読書をする価値のほとんどだと思うのだ。したがって、それがわからないなら、読んでも大半の価値を得られない、無駄が多すぎる、ということ。

たとえば、カメラを手にして、「何を撮ったら良いですか?」と周囲にきいて回る人を想像してほしい。人が指さすものを写真に撮ることに、どれほどの価値があるだろう。もちろん、ゼロではない。しかし、大半を放棄している姿勢なのである。

もちろん、この質問をする人は、自分が読むものがわからなくて、それを知りたいと思っているのではなく、単に、本を薦めてくれる人に出会いたいだけだろう。ここを間違えてはいけない。もし、読みたい本が本当にわからなくて困っているなら、その案内をしてくれる本がいくらでもあるから、まずそれを読めば済むことだからだ。

さらに滑稽（こっけい）なものになると、「『すべてがFになる』が面白かったのですが、これと同じようなものをもっと読みたいので、どなたか教えて下さい」という質問がある。非常に多い。こういうのを見ると、作者として出ていって、「もう一冊同じ本を買ったらいかがでしょうか。もちろん、買った本を再読しても同じ効果が得られます」と答えたくなる。この場合も、自分と同じ本を読んだ人に出会いたい、という心理であって、あまり目くじらを立ててはいけない。

答える側の心をくすぐるような質問もある。たとえば、「あなたが好きな小説を十冊教えて下さい」みたいなものだ。これは、答えたい人がいっぱいいるので、反応が沢山欲しい場合には常套（じょうとう）手段といえる。ネットの萌芽期から、繰り返し何度も登場する形態なのだ。誰も答えなんか聞きたくないが、答えたい症候群を患っている人の弱みにつけ込んでいる。え、弱みではない？　自覚症状がないので幸せではあるだろう。

カメラの場合と同様、ようするになにかをするときの価値の大半は、目標を捉える初動の判断にある。どこに目を向けるのか、という「着眼」だ。ここに、人の思考、発想、能力といったものの大半がある。これを人に委ねる行為は、人間性を半分失っているのに等しい。人が恋しいのなら、はっきりそう伝えれば良い、と思う。

3rd period

36/100

「どうして調べないの？」の答は、「知りたいのではない」だ。

いつも槍玉に挙げているようで申し訳ないが、Yahoo!知恵袋などで、まったくどうしようもない質問があって、おそらく多くの人が恐いもの見たさで寄ってくるか、ポイント欲しさで適当に答えているのだと思うけれど、とにかく、「ちょっと調べたらわかるでしょう？」と思う質問が実に多い。

ツイッタでも、「あれって、もう発売になったのかな？」とか、それを書くよりも検索したら、と言いたくなる事例は非常に多いわけだが、どうしてこんな馬鹿が多いのか、という答を教えたいと思う。

つまり、そういった疑問を天に向かって吐く人は、答を知りたいのではない、情報を求めているのではない、ということなのだ。そうではなく、教えてほしい、情報を提供してほしい、と思っている。え？　同じじゃないかって？　いえいえ、違うんです。つまりですね、答を知りたいのではなくて、教えてくれる人に会いたいだけだということ。教えてくれる内容ではなくて、教えてくれる先生に接したい、その親切がほしい。もっとわかりやすくいうと、かまってほしい、自分の方を見てほしい、手を差し伸べてほしい、同じことに興味のある人と出会いたい、同じ意見の人に現れてほしい、話し相手がほしい、お友達になってほしい、という方向性だ。だから、答なんかなんでも良い。実は知っていても知らない振りをして尋ねたりするのである。

羽海野チカさんが、彼女の関連のイベントに関する情報でわからないことがある、と呟いたり、メールしてくるファンが多くて、面倒を見きれないので、基本的にそういうものは、イベントの主催者とか出版社へ問い合わせてほしい、と呟いていたことがあった。ちょっと、皆さん考えてほしい、という注意喚起である。

それで、後日だが、僕は彼女にこう言った。そういって反応すると、疑問をぶつけてきたファンは、「私のことで羽海野チカがツイートした！」と大喜びするだけですよ、と。まったく抑止にならない。逆に増えるだけである、と。

たとえば、玄関のベルを鳴らして、人が出てくると、「あ、交番はどこですか？」みたいな質問をする人がいるが、これは在宅かどうかを確かめている泥棒か、あるいは詐欺の類だと思ってまちがいない。情報を求めているのではなく、対応を求めているのだ。ほとんどこれと同じメカニズムなのではないかと思えるのは、言いすぎだろうか。

まあ、そのうち人工知能が答えてくれるようになるから、もう少しの辛抱かな。

3rd period

37 /100

探偵は解決をしていない。単なる原因究明をするだけ。

「解決」と「原因究明」の違いについて書こう。僕は研究者だったので、多くの場合、ある問題についてその原因を究明するのが仕事だった。しかし、究明をしても、それで問題が解決できるとは限らない。たとえば、解決方法が難しかったり、費用がかかりすぎるような場合は、実際の解決には至らない。「もっと簡単で安価な方法を開発してほしい」と言われるだけだ。

ミステリィでは、事件の捜査をした探偵が「解決」することになっている。真犯人を指摘し、不可能と思われた殺害方法を解明するのだが、それはいずれも「解決」というよりも「究明」なのだ。事件という問題の解決とは、死んだ人を蘇らせないかぎり不可能だし、今後同様の事件が起きないような対策を打つことがせめてもの方策だろう。

トンネル事故があったとき、何故こんな事故が起こったのか、という原因究明はできても、それは解決ではない。この問題を解決するためには、そのほかのトンネルで同様の事故が起こらないような補修工事を実施する必要がある。「解決」とはそういう行為を示すのである。

一方、究明をしない、究明ができない、という状況であっても「解決」することができる。たとえば、トンネルをなくしてしまえば、もう同様の事故は起こらないだろう。こういった対策は、けっこう多い。危険には近づかない、という思想で、原始的ではあるけれど、安全の確実性は担保される。ただ、必要だから存在したものをなくしてしまうと、別の問題が発生することになる。ここの議論が必要だ。原発反対なども、この「究明」なしの「解決」の手法といえる。

「究明」の方にも一筋縄ではいかない問題がある。科学的にきっちりと原因が確かめきれないものが多々あって、いろいろな「究明」説が出たりすると、どれを選べば良いのかわからない。人間どうし、国どうしの争いは、たいていこの部類で、「究明」したから「解決」できる、と双方が主張して喧嘩になるわけだから、問題は大きくなり、解決どころではなくなってしまう。物理学や数学でない領域では、これが普通だといっても良いくらいだ。医学などでも、「究明」が乱立して、なかなかずばりと病気を治してはくれない。

犯罪者は、自身の個人的問題を解決する行為が違法になった人だ。犯人が捕まっても動機が究明できない。なにしろ、犯人自身も、自分の気持ちを究明できないからだ。

3rd period

38

/100

本当に読ませたい人間はこんなもの読まない、というもどかしさ。

これは、作者である僕自身は全然感じないのだが、読者の方がよく呟いている。「上司に読ませたい」とか「みんながこれを読んだら、世界が救われる」とか、「でも、結局、そういう馬鹿は本なんか読まないんだよね」という嘆きである。

僕はそもそも「読ませたい」と思ったことがない。もし実際に読んでも、たぶん意味は通じないだろう。きっと、「どうしてこの作者はこんな偉そうなことを言っているのか。そんなことで自分を大きく見せたいのだな」という方向へ誤解する。そういう考えだから、文章で指摘されているとおりの人間になるわけだから、どこにも矛盾はない。

学校の先生が、「煙草を吸ってはいけません」と言えば、良い子はそのとおりに言葉を解釈する。煙草の害を知っているから、それを禁止するのは自分たちへの愛情だと理解する。だが、煙草を吸っている悪い子は、「どうしてそうやって人が嫌がることが言えるんだ？　もっと人を喜ばすことが言えないのかよ」と感じる。先生の性格が悪い、と判断する。このパターンが常にあちらこちら、いつの時代にも繰り返されているのだ。今さら嘆くほどのことでもないだろう。

　原因は文化が違っているからだ。国が違って、異なる教育を受ければ、違う文化が育つ。だから、隣国であってもお互いに相手を敵視するようになる。自分たちが基準であり、自分を非難するものは敵だ、と感情的になる。「この意見を向うの国に聞かせてやりたい」と思っても無駄だ。その意見を聞かせても効果はない。文化の本質がわかっている人は、その文化の中にいても、きちんと論理的な判断を既にしている。感情的な判断は、一度「嫌いだ」と決めた人の意見には耳を傾けないという結果を招く。

　特に、その周囲に似た考えのグループが形成されていると絶望だ。国の場合は、この理由で断絶が深くなる。文化を変えるには長い時間がかかるだろう。一方、個人の場合は、その人が属している小さな社会の構成員が変われば、文化が入れ替わるチャンスがある。周囲の大勢が言っていることは、少しずつその個人に影響を与える。もしも親切や愛情とセットになれば、感情的な判断はあっさりと入れ替わる。こういったものは、宗教の布教活動による作用とほぼ同じだ。

　良い子は、悪い子が先生に叱られるのを見て、もっと良い子になろうとする。だから、悪い子を叱ることは、実は良い子のためでもある。むしろ、そちらの方が効果が大きく、教育の大事な要因の一つとなるが、同時に最大のジレンマでもある。

3rd period
39
/100

いつまで「分類」が必要だろうか、と考える頻度が増えている。

これを意識し始めたのは三十年くらいまえだったと思う。僕は大学の建築学科に就職をした。学科内にある図書館で、本をどんなふうに分類したら良いか、という議論をしたときだった。分類が必要か？　分類しないと本を並べられない。分類の目的は？　利用者が目的の本を見つけやすくするためだ。アルファベット順では駄目なのか？　特定の本を探す人ばかりではない、関連するもの、求めたい内容の本を探しにくる人がむしろ多い。そんな議論をして、分類方法を定めた。

図書館の本の分類方法は全国共通のものがある。しかし、専門書になると、これでは間に合わない。建築学科の図書館であれば、「建築学」にほとんど含まれてしまう。それで専門を分類する細目を決めたのだが、そうなると司書にもうラベリングができない。結局、毎月新しい本を、それぞれの先生のところへ届け、どの細目に入れるのかを指示してもらうしかない。

その仕事をずっと続けてきたが、僕はここだと思っても、別のところへ入れる人もいるだろうな、と思うことも多い。また、複数の分野に跨がる中間的な本もどんどん出てくる。従来なかった領域が突然出現して、ブームになることも多い。

　将来的には、デジタルでコンピュータ検索するシステムになることは三十年もまえからわかっていたことだ。コンピュータ検索が一般化すれば、分類なんて無意味ではないか、との意見も聞かれたが、とりあえず書棚に本を並べなければならない。分類など不要で、買った順にナンバをつけて入れておけば良い、との極論もあった。今思うと、これが一番正しいように思われる。

　つまり、キーワードだけを抽出し、タイトルと作者と出版社と発行年くらいのデータがあれば、コンピュータで検索できる。検索されたら、そのナンバの本を書棚へ取りにいくだけだから、ナンバ順に並んでいれば、ことは足りるのだ。

　複数の領域に跨がる内容の本は、以前はもう一方にエイリアスを置いておく（つまり、本体ではなく場所を取らないラベルだけ挿入しておく）という手もあった。書店などもこれをすると良い、と思った時期もあった。

　いずれにしても、細かく分類する意味は既になくなっている。本だけに限らない。むしろ、分類することで固定化される概念に気をつけた方が良い。動植物だって、分類されるために多様になっているのではない。実現象はもっと多次元的である。

3rd period

40 /100

複数の作家の本を読むから「多趣味」だ、と言う人がいた。

もっと正確に書くと、「森博嗣も読むし、京極夏彦も読むし、東野圭吾（ひがしのけいご）も西尾維新（にしおいしん）も読む」から自分は多趣味だと言ったのである。もちろん、反論しなかったし、指摘もしなかった。「そうなのか、それも多趣味なのか」と感慨深かっただけである。

まあ、蒸気機関車が好きな人で、D51も好きだけれどC62も好きだという人は多趣味かもしれない（僕もそこまでは思わないが）。

本を読むことが趣味だという感覚がごく最近のものだ。ある程度特殊な分野を趣味と呼ぶのである。かつて読書は、散歩とか飲酒とか喫煙と同じように趣味ではなかった。誰もがする習慣だったからだ。これは映画鑑賞もそうだ。どんどんマイナになるとそれが趣味になる。だから、ある一人の作家だけを読むことは、たしかに立派な趣味だろう。そういう観点から、別の作家に浮気するのは多趣味なのだ。間違いではない。むしろ正しい「趣味」の使用法として模範といえる。讃えたいほどだ。

それでも、D51とC62でご理解いただけるとおり、森博嗣と京極夏彦の方向性は、世間一般から見れば、ほとんど同じであって、夜空の星の一点を見つめているイメージである。その星は実は一つではなく双子星だとか星団だとか星雲（つまり銀河）かもしれないが、普通の人にはどう見ても一点なのである。

僕は、人からよく「多趣味」だと言われる。しかし、自分ではまったくそうは認識していない。たしかに、庭園鉄道を建設したり、ラジコン飛行機を飛ばしたりしているし、過去には自動車を作ったり、人形を集めたりした。漫画も描いたし小説も書く。工学分野で研究もしている。けれども、僕はただ一つのことをしているだけで、あれもこれもしているつもりは全然ない。やっていることは、自分一人でものを作って試す、ということである。すべて同一分野なのだ。趣味なのかどうかよくわからないけれど、少なくとも「多趣味」ではない。

おそらく、ジャンルの分け方に囚われているのだろう。まえに詳しく書いたが、僕は、鉄道に乗る趣味も、鉄道を撮影する趣味もないし、そもそも実車には興味がない。これは、飛行機も自動車も同じだ。それらは、僕的にはかなり遠いジャンルなのだ。

そういった観点では、どんな本でも読む、というのは多趣味だろう。「鉄道だったらすべて大好き」という人も多趣味だ。個々のキャラクタには関係なく、ジャンルを愛しているからである。「すべて」というジャンルもあるから、この定義で矛盾はない。

3rd period

41 /100

ノーベル賞のニュースを見て娘が言った。「人間模様はやめてほしい」

これは、日本人が受賞したというニュースを、たまたま長女と一緒に見ていたときのことだ。彼女が言いたいことは明らかで、またマスコミが、受賞者の家族に取材して、「内助の功」などをクローズアップする。まるで、内助の功がなかったら人間は偉くなれない、と言っているようでもある。毎回繰り返されてうんざりだ、ということ。

マスコミは、ノーベル賞を取った研究を詳しく伝える能力がないので、つまり、こういった下世話な部分にしかスポットを当てられない。ようするに、馬鹿さを曝け出したくないから、最初から馬鹿な振りをするようなものかもしれない。

先日も、たまたま見たニュース番組で、重力波について話題にしていたのだが、スタジオの司会者もコメンテータも、みんな茶化すことしかできない。ただ、苦笑して、笑って済ませているのだ。自分たちがわからないものは、苦笑して流すものなのか。科学者に失礼ではないのか。安保法案を伝えるときに「こんな馬鹿馬鹿しいことで」と苦笑して、「まあ、こんなことを議論するなんて平和ですよね、ははは」と茶化してもらいたいものだ。重力波よりは、よほど馬鹿馬鹿しい、と僕には思える（少なくとも僕は、どちらも茶化したり、笑ったりはしないが）。

以前から指摘している「文系の馬鹿さ加減」がこういうときに出る。僕は、理系と文系の区別には反対だし、どちらが優れているとも思っていないし、実際に、人をそういう目で評価することはない。でも、マスコミに見られるこのような科学を敬遠する態度は間違っている。わからないなら、もっと真剣に専門家の話を聞いて、少なくとも理解しようとするのが紳士淑女の嗜（たしな）みだろう。

おそらく彼らには、「見下している」感覚はないものと思う。あまりに「高尚」であって、自分にはとうてい理解できない、という「卑下（ひげ）」を表して、「恥じて」笑ってしまうのかもしれない。照れ笑いみたいなものだろう。これは、日本人の特徴だと思う。世界には通用しない。笑えば、相手を馬鹿にしていると受け取られるのが普通だ。気をつけた方が良い。

ちなみに、現代において、ノーベル賞候補となるような科学的研究上の大発見は、才能だけでなく、努力だけでもなく、まして内助の功でもなく、大部分は研究に費やされた金額によっている。費用が、環境や人員を整える。この投資がかつてなされたから、今の受賞がある。発展途上国では受賞者が出にくい理由がここにある。

3rd period
42
/100

「堤防即ゼロ！」と叫ばないのは何故なのか。

津波で甚大な被害を受けた地区で、防波堤を高くする工事を行ったが、それに対して、「海が見えない」「景観が損なわれた」と地元の人たちが不満を漏らしている、というニュースがあった。そのとおりだ、きっとそうなるだろう、と思っていた。最も簡単なことは、堤防なんかそのままで良いから、海抜の低い地域から立ち退くことだったと思う（今でもそう思っている）。これは原発の場合でも同じで、危険が予測される地域からは離れることが良い。そのための援助を国はするべきである。

しかし、土地への愛着というものは強いらしい。そこを僕は理解していないので、こんな簡単なことが言えるのだろう。いくら話を聞いても、土着の理屈が僕にはわからない。「お前にはわからないんだ！」と怒る人はいるけれど、きちんと説明をしてくれる人はいない。どうも、確固たる理由はないように見えてしまう。

そんな話をしたら、地震の多い日本からみんな出ていけば良いではないか、と極論することと同じだ、などと言われたりもするけれど、それは「費用」がまったく違う。そこをきちんと計算して、計画なり方針なりを持つべきなのでは？

堤防といえば、温暖化で雨が多くなっていて、河川の氾濫（はんらん）も増えつつある。海岸だけでなく、リバーサイドも危険だ。どこかの堤防を高くすれば、他のところで決壊する確率が増す。当然、景観は破壊される。でも、住民にとっては切実な問題で、惨事が起こってからでは遅い。

この場合、温暖化が元凶であって、温暖化を防ぐ目的で原子力発電の比率を高めていた。これが世界的な潮流だった。でも、原発の事故が起こったため、この対策が足踏み状態になった。だったら太陽光発電を増やせ、と安易に考えたわけだが、森林を伐採したりするから、余計に洪水被害を助長する結果になる。本当に難しいものだ。

たまたま今は石油が安いし、温暖化の進行はゆっくりだから、自分の人生のスパンでは大丈夫だろうと考えて、火力発電を増やす方向にある。となると、子供の世代には、もう大きな川の近くには住まない方が安全かもしれない。川の近くというのは、つまり平野のことだから、だいたい都会か農地だ。簡単には移転できない。となれば、景観を無視してまた堤防を高くするしかないのだろうか、とぐるりと話が回ってくる。

もう少ししたら人口が減ってくるから、今よりは自由度が増すだろう。人は安全な場所に集まり、危険だけれど必要なものを遠くに作る、という未来しか想像できない。

3rd period

43/100 「タイトルの疑問が解決されていない」問題について。

インターネットのニュースに特徴的なものとして、タイトルをクリックさせることが最終目的だ、という点がある。書籍であれば、中身を少し読んでから、買うか買わないかを決めるので、がっかりさせるような内容では買ってもらえない。しかし、ネットでは、読む気にさせ、クリックさせれば勝ちなのだ。そのクリック数で評価され、広告料も決まってくる。必然的に、とにかくタイトルにすべてを懸けることになる。

たとえば、「いったい何が原因か?」「水面下であったものとは?」というタイトルで誘う記事が多いが、本文の結論も、その文字のままで、何が原因かは書かれていない。「いったい何が原因なのだろうか?」で文章が終わっている。これがつまり結論なのだ。「誰が仕組んだのか?」だったら、誰が仕組んだのでしょうね?という問題提起をする内容で終わっている。そんなことは読む人間は誰もが思っていることであって、今さら問題提起なんて不要だから、読んでも腹が立つだけになる。

僕もよく、小説の読者から「肩すかしでした」と言われるのだが、肩すかしというのは、一つの技であって、これにかかると、ふわっとして、どきっとして、けっこうインパクトがある。タイトルが記事の結論というものは、そういった「肩すかし」以前の問題で、読むとただ頭が曇る(くも)というか、「後悔先に立たず」感しか得られない。

実は、ネットの記事に限ったことではない。昔からこの手法は多用されているのだ。たとえば、書籍のタイトル(特に新書の類)はほぼこれである。「お前の知りたいことはここに書いてある」感を抱かせるタイトルになっている。書籍の場合は、数百円とはいえ実際に本を買わせるのだから、少しは答が書かれていないと非難されるだろう。でも、多くの場合、「そのことについてはいろいろな意見がある」とか、「現在もこれに関して研究を進めている」という程度の内容でしかない。もし、ずばりと書けるならば、その答が独立して伝達され、広まってしまい、本は売れなくなるかもしれない。

たとえば、インターネットの検索で、「○○とは何か?」と尋ねると、「○○とは何か?」という疑問のページだけがヒットして、答がどこにも見つからないことがある。ただ、みんなが疑問を抱いているのだな、とわかるだけだ。ネットのニュースは、これの代表といえる。

それほど悪い状況ではないと思う。答がズバリ出る方が、むしろ不自然だし、もしかしたら間違った誘導かもしれない。気をつけましょう。

3rd period
44
/100

「飛行機を作ろう」「世界を歩こう」というタイトルの心。

少年少女向けの本で、このようなタイトルをよく見かける。同様のものに、「飛行機の作り方」とか「楽しい飛行機製作」などがある。これらは、すべて具体的な作り方を示したものだ。「世界を歩こう」という本を読んでみたら、仕事に忙しい毎日が綴られ、世界を歩き回ることを夢見る青年の物語だった、ではきっとがっかりするだろう。

本当は少しニュアンスが違う。「作り方」ならばそのままだが、「作ろう」というのは鼓舞しているし、「楽しい」は誘っている。つまり、心理的な効果を狙っている。いずれも、この頃では少なくなっているかもしれない。

たとえば、TVの番組名としては教育TVくらいしかイメージできない。「世界の不思議を発見しよう」とか、「楽しい笑点」とか、どうもしっくりこない。僕は、案外面白いユーモアだと思うけれど、一般受けはしないのだろう。ザ・ドリフターズの「いってみよう!」も懐かしい。

少年向けの工作記事では、最初に、「○○を作ってみよう」と書かれていた。タイトルはもちろん、「○○を作ろう」である。そういえば、TVの料理番組では、最初に「今日は、○○を作ってみましょう」と言っているかもしれない。奇術師や軽業師が、「○○をご覧に入れましょう」と言うのと同じで、これは語り手自身がこれからそれをやりますよ、という意思表示だ。タイトルの「作ろう」は、そうではなく聞き手に訴えている。

春闘の集会などでは、「頑張ろう」とみんなで声を上げる。実際に、その言葉どおりのポスタなどもある。英語にしたら命令形になるわけだが、日本語の「頑張ろう」は、「頑張れ」とは明らかに違う。

これは、「飛行機を作れ」「世界を歩け」とならないことでもわかるように、日本人の奥床しさなのだ。「私はそれをやってみましたが、なかなか面白かったですよ、貴方もいかがですか?」という気持ちが込められている。

安全や防犯のポスタにも、「交通事故をなくそう」「警察に連絡しよう」「弁護士に相談しよう」などが目につく。「なくせ」「しなさい」とはならない。どうしても、命令したいときは、「して下さい」と丁寧にしなくてはいけない。ただ、こうなるともうタイトルやキャッチコピィの元気さ、勢いが消えてしまう。

子供に対して「やめろ」「やめなさい」ではなく、「やめようね」と叱る親が増えているようだ。おそらく、自主的に判断してほしい、という意思を込めているのだろう。

3rd period

45/100

禁断症状なんて、普通の食品だってあるでしょう?

べつに最近のニュースで急に思いついたわけではなく、ずっと思い続けていたことを書きたい(既に書いた内容もある)。麻薬とか覚醒剤についてだ。よく、有名人がこれで逮捕されて、しばらくは話題になる。絶対にやってはいけないものだ、一度やったらやめられない恐いものだ、と繰り返されている。しかし、そのわりに減らないし、一度捕まった人も簡単に復帰している。

法律で禁止されているのだから、これは悪事といえる。それに対して、まったく異議はない。やる人は捕まる覚悟でやっているのだろう。そういう話はどうでも良い。僕が感じるのは、一般の人たちが、これらをもの凄く特別視している点である。とんでもないこと、のように感じて眉を顰(ひそ)めている。

しかし、酒(アルコール)は、禁止されていない。でも、アルコール依存症になったりして健康を害する危険性はあるし、酔っ払って事故、事件を起こすといった事例も数多い。禁止されていないだけに、比較にならないほど社会に大量の迷惑を及ぼしている。

もちろん、だからといって禁止しろと主張しているのではない。ただ、「同じだ」と僕が感じるだけである。「覚醒剤がやめられない弱い人間」なんて言うけれど、酒がやめられない人は大勢いる。煙草だってなかなかやめられないが（煙草を吸って事故や事件を起こす人は少ないだろう）。

禁断症状が異様な状況と捉えるのもおかしい。たとえば食べものや飲みものだって、我慢していれば腹が減って、そのうち異常な状態になる。なにがあっても食べようと思うのでは？　まったく同じではないか？　どこが違う？

いや、全然違う現象だ、という専門的な話をしたい人もいるかもしれないが、僕が言っているのは、つまり、生き物に表れる普通の現象だということだ。「食べなかったら死んじゃうだろう」と言われるかもしれないが、では、食事を半分にすることができますか？　簡単にできるなら、ダイエット法なんて不要だ。何故みんなこれくらいのことができないのだろうか。弱い人間だから？

問題の本質は、健康を害するとか、暴力団の資金源だ、ということではなく、ただ法律違反だ、というだけのことだ。アルコールだって、法律で禁止されていたときはマフィアの資金源になっていた。そういうふうに考えれば、麻薬も覚醒剤も、もう少し現象的に捉えられる。犯罪である、という一点で理解するのが正しいと僕は考えている。

3rd period

46

/100

誰も言わないのか？　トランスフォーマは無駄なパーツが多すぎるって。

ロボットになった姿が美しくない。変なところにタイヤがあったりする。そういった名残（なごり）を残しているのが良いらしいが、逆に自動車になったときには、そういった部分がない。ようするに、自動車のように見せかけて隠れている、という設定だからこうなるらしい。

しかし、それだったら、自動車の形のまま戦えば良いだけで、わざわざ頭とかを出してロボットにならなくても良さそうなものだ。もう少し「戦う形」をデザインすべきであって、隠れていたときのパーツをあちらこちらに付けたまま、というのは不利ではないか。それくらいなら、戦うときにそれらを切り離すべきである。

大人げないことを書いたが、こういったカラクリというのは、なんとなく人の心を揺さぶるものらしい（たぶん、一部の人だとは思うけれど）。ようするに、トランスフォーマの最大の特徴であり、最大の武器は、トランスフォームできること、と定義されているわけだ。したがって、そういうコンテストでは戦える。

形を変えるものは、実際にもけっこうある。飛行機だけでも、トムキャットのように可変翼があるし、オスプレイなどもロータ軸を変えられる。コンコルドは、着陸するときに機首の形を変えた。離陸したらタイヤを引き込むのも一般的だ。自動車でも、ヘッドライトが必要なときにボンネット上に飛び出る仕掛けが一時流行った。僕が持っているポルシェは、時速八十キロを超えると、自動的にリアウィングが上がる。この仕組みが壊れて動かなくなったときに、「余計なことをするからだな」と少し思った。

最近も、ネット上で「走りながら車体を変形するベンツ」という動画を見たけれど、僕のポルシェと五十歩百歩で、「変形」と表現するには「僅か」すぎる。でも、それくらいで効果は充分なのだろう。飛行機の引込み脚も絶大な効果がある。

道具でもいろいろな用途に使えるユニバーサルなものが多数あるけれど、それは非常時などには便利であっても普段の使用には適さない。道具はむしろシンプルで、特化した使用の方向へ進むことを歴史が証明している。ようするに、トランスフォーマを開発するよりも、ロボットとスポーツカーを別々に開発した方が、最適化されて、合理的で、しかも安価なのだ。ロボットとスポーツカーを共に置いておけるスペースがあれば、迷う問題ではなくなるだろう。

ただ、「変身」に対する人間の願望は、どの時代にも消えないものなのかもしれない。

3rd period

47
/100

「お里が知れる」のは、有名人ではなく一般人の方。

「お里が知れる」という慣用句を、そのまま「実家が判明」「自宅の住所がわかった」の意味に使っている人が多い。この頃のネットでは、炎上したりすると、たちまち本人のプライベートが暴露される。スターやタレントなどの有名人の場合は、炎上はするけれど、大勢が既知だし、炎上するだけで打撃が与えられる。一般人の場合は、誰も知らないわけだから、消えてしまえばそれまでだ。だから、ダメージを与えたくて、プライベート情報を調べる、となるのだろう。

だいたい、一般の人は、普段からプライベートに関して無頓着だから、無意識にいろいろ公開してしまっている。だから、いざとなったときに勤務先や家族構成や住所などまで明かされてしまう。もともと個人情報に関する意識が低いということである。

考えてみたら、Facebookなども、プライベートをある程度提供して仲間入りするサークルだったわけで、個人情報がネットに人質に取られている状況なのだ。当初は匿名性の高いインターネットだったが、現在では、ほぼこの原則は崩壊している。むしろ個人情報を得るためにネットが存在しているといっても過言ではない。

もう少し書いておくと、デジタルのデータは劣化しない。情報は、今やクラウドにあり、物理的には共有された領域にあって、時間が経過しても消えることがない。今は、昔のデータがない。つまり、ネットが最近構築された世界だからだ。しかし、現在の子供や若者は、既にデータが人質に取られた状態で、一生を送ることになる。子供のときのちょっとした悪さが、五十代になって要職に就くときに悪意で利用されることだってあるだろう。この判断は、子供では想像もできない。また、こういった事態を経験していない世代の親も想定していないだろう。

この頃では、「時効」も延長される方向だ。かつては、時の流れが、川の流れのように汚れを浄化する機能を持っていた。昔のことは水に流そう、といった大らかさは、これからの世の中では作用しない。みんなが忘れても、いつでも掘り返されるだろう。

一般の方は、とにかく自分というものを発信したい、周囲にわかってもらいたい、という情熱を持っている。子供のことを語り、恋人のことも語りたくなる。近所や勤め先のちょっとした出来事に、ニュースになるネタを探す。最近ではどこでもいつでも写真が撮れる。今は不充分な画像検索も、いずれ一般的になるだろう。顔検索もできるようになる。子供の写真をアップしているお母さん、そんな未来のリスクを想定していますか？

3rd period

48

/100

「一年間の歴史に幕」とあったが、たった一年でも歴史なの？

お店も会社も、すぐ潰れるようになった。雑誌もたちまち休刊になる。僕が子供の頃に比べると、回転が速くなっているのは確かだろう。

これは悪いことではない。試してみて、駄目だったら早々に撤退する、という戦略が一般的になっただけだ。結婚だって同じだし、就職だってそうだ。ようするに、早く潰れるのではなく、手軽に試せるし、手軽にやめられる、手軽に再挑戦できる、やり直すなら早い方が良い、という世の中になった。日本人が古来持っていた、「一所懸命」「一途」「一筋」などの世間の体裁が薄まったわけである。

名称もころころ変わるようになった。ランドマークになるような施設でも、命名権を売り出すから、以前と違う名前になっていて混乱する。イメージ戦略というものが台頭したため、企業も名称を変えて、マークも変えて、リフレッシュしている。人間だって、髪の色は変わるし、名前だって変わるのだから、当然なのか。

こうなると「歴史」の重みなんてあったものではない。だから、「一年間の歴史に幕」

なんてニュースのタイトルになるのだろう。「歴史」という言葉は、もう少し長い時間スパンを連想させるものだが、つい五年くらいの経緯でもって「歴史的にこうなんです」と言う人までいる。

たとえば、イギリスでは、「アンティーク」という言葉は、百年以上まえの品にしか使われない（なにかの法律で規定されているとも聞いた）。言葉について、そういった共通認識がある。日本の「骨董品」には、十年も経っていないものだってざらにある。理系の僕としては、それぞれの言葉について、定量的な指針を作ってもらいたいものだと感じることがしばしばだ。

何故百年なのか、という科学的根拠はない。単なる目安だ。放射線量の一ミリシーベルトも目安であって、科学的根拠はない（この発言で炎上したらしいが）。どこかに線を引かないと目標が定められないから、まあこの辺りか、と適当に決めた値である。

「歴史」という言葉に、長い年月を感じてしまうのは、縄文、弥生、といったところから習う学校の科目の影響だろう。あれも、江戸時代くらいからあとの新しいところをさきに教えて、それ以前が気になる人は高校くらいで選択したらどうか、と僕は思う。「歴史に学ぶ」ことは大事だが、新しい部分の歴史こそ重要だと思うからだ。もし、そんな歴史を学んできたら、ヒストリィという英語と同じ「歴史」になるかもしれない。

3rd period

49

/100

田舎に今も残っている伝統の中には、セクハラやパワハラが多い。

これは、感じている人は多いと思う。しかし、何故かマスコミは、この種のマイナス面に目を向けず、ひたすら好意的にしか報道しない。

先日も、跡取り（男子）が生まれたら村を挙げて祭りをする、という地方の話を伝えているものがあったが、こうした「絆（きずな）」によって、村に活気を取り戻したい、少子化に歯止めをかけたい、とコメントされているので、驚いてしまった。それは逆だろう、こんなセクハラ、こんなパワハラが蔓延（はびこ）っているから、若者は田舎を去るのだし、「子供を産め」というプレッシャが、若者を結婚から遠ざけているのではないのか。

もちろん、このような昔ながらの伝統にケチをつけるつもりはない。好きな人はやれば良い。ただ、その地域にいるだけでつき合わされるのが辛（つら）いと感じる人もいるのだ。「そんなふうに考えるのは間違っている」といくら説得しても無理。合う合わないはその個人の感覚であり、今はその個人を尊重する社会なのである。どちらが間違っているというわけでもないが、争いになれば、個人の自由が正しいという判決になる。

かつて、こういった伝統行事の多くは、仲間の団結を図ったり、子孫を繁栄させるという目的があった。昔から離脱したい若者はいたけれど、それを強要させて、その地域を守ろうとしたのである。それは、国のために兵隊が必要で、徴兵制を布いたのと同じといっても良い。「伝統行事」とか「ふるさとの絆」といった言葉で飾られているけれど、そこはじっくりと顧みてほしい。

もちろん、当事者の人たちもそれはわかっていて、無理強いをしているわけではない。無理強いをしたら違法になる。それでも、本音を隠し、綺麗な言葉で誤魔化していることは確かで、マスコミはこれに加担している。そうなると、ますます威圧感を若者に与えてしまい、逆効果と言わざるをえない。

一種の芸能というか、人に見せるためのショーであれば、まだ存続の意味はあるだろう。構成員が少なくて困っているなら、バイトで雇うしかない。村の若者に参加させよう、それが村の者の常識だ、と働きかけると、若者は逃げてしまう。ここを理解すべきである。この判断を誤ったものは、失われるべくして失われた過去の文化となる。近い将来、きっと裁判沙汰になるような事犯が出て、話題になることだろう。

伝統は美しい、ふるさとは人間味溢れる温かいものだ、人を救うのは絆である、という言葉は、とても綺麗に響くが、誰にとっても正しいわけではない。

3rd period

50/100

「我々は宇宙人だ」というときの「我々」とは?

最近はだいぶ減ったようだけれど、僕が子供の頃は、漫画でもTVでも、よく宇宙人が登場した。そして、「我々は宇宙人だ」とちょっと変な声色(こわいろ)を使って名乗るのである。回転している扇風機に口を近づけて真似をする子供が続出した。

円盤から出てくる宇宙人らしき生命体が複数いるから「我々」なのだろうが、べつに全員を紹介せず、「私は宇宙人だ」でこと足りると思う。それから、「私たちは宇宙人です」くらい丁寧な言葉遣いをしても良さそうだと感じる。科学力に見合ったマナーを当然持っていると期待されるからだ。

もう一つの見方として、「我々」には、そこに居合せた地球人も含まれる、という解釈がある。つまり、「私も貴方も宇宙人だ」と言っているわけで、「同じ銀河に住んでいるのだから仲良くしよう」といった友好的な意思が感じられて深くなる。

地球は宇宙に含まれるので、地球人はすべて宇宙人だ。「私は宇宙から来ました」と言っても、地球だって宇宙なのだから、少々変な具合になる。「私は世界から来ました」と言っているのと同じだ。

宇宙飛行士という職業があるけれど、何をもって宇宙飛行というのか、普通の人は考えない。どこまでが地球で、どこからが宇宙なのだろう。「空気があるところは地球だ」と言われるかもしれないが、どこかに境界があるわけではなく、だんだん空気が少なくなっているだけだ。「重力圏だろう」なんて言う人も多いけれど、地球の重力はどこまでも届いている。人工衛星では、地球を周回するときの遠心力と地球の重力が釣り合っているから「見かけ上の無重力」になっているだけだ。たとえば、ものが落下している途中は無重力なので、地球上でも無重力状態はある。

だいぶまえに「飛行」を定義するときも同じような一悶着があった。ライト兄弟が飛行機を発明したことになっているが、何をもって「飛行機」というのかが難しい。パラソルを持ってジャンプすれば、パラソルは飛行機なのか、という問題だ。そもそも、それ以前に熱気球や凧があったので、飛行する機械は存在している。

SFの設定では、人間の中に宇宙人が紛れている、というものが多数ある。迫害を受けたくないので潜んでいるのだ。能力的に勝っていれば地球人を攻撃し滅ぼそうとするし、そうでなければ紛れ込んで隠れている。同じようなことが、地球内でもあったように思う。そういうときには、「我々は宇宙人だ」という台詞を思い出そう。

4th period

4限目 「正しさ」を見直すコミュニケーション論

4th period

51 /100

「疑問の声」という場合、賛成する声は含まれない。

「私は、疑問に思います」という場合に使われる表現の「疑問」というのは、「いぶかしむ」という意味だ（余計にわかりにくい）。否定的な意味になるのは何故だろう？ つまり、「疑問」には、本来は否定の意味がない、と僕は思っているので、不思議なのである。たとえば、「どうしてそんなに凄いのだろう？」という疑問だってあるわけで、「彼の行動は疑問だ」というだけで、否定方向にしか取らないのが変だと感じるのである。

これは、「疑問」だけに留まらない。普通の「疑問形」も否定に取られる。たとえば、「何がそんなに面白いの？」という疑問形は、「全然面白くないよ」と表明しているのとほぼ等しい。

僕は、そうは取らない。「何がそんなに面白いの？」と僕が言ったときは、「その面白さを教えて下さい」という意味である。僕は素直な人間なので、古文で習った「反語」みたいなものを普段は使わないのである。

編集者に、「どうしてこんなミスをしたの？」ときくと、めちゃくちゃ大袈裟に謝られる。森先生がお怒りになった、と編集部では大騒ぎになっているのだ。僕は、ミスの原因を尋ねただけである。でも、そういうのが社会の常識なんです、とよく説明されるのだが、では逆に、原因を知りたいときには何ときけば良いのか教えてもらいたい。

僕の奥様も大変な常識人なので、僕が「これが美味しいって誰が言ったの？」と尋ねるだけで、「こんな不味いものを美味しいなんてぬかしたのは、どこのどいつだ！」と変換され、僕がそれを不味いと感じて、それを美味いと言った人を非難している、と取られるのである。それを美味しいと思ったから、誰がそれを教えてくれたのか知りたい、その人に感謝したい、という気持ちを僕が持っていても、である。

どうも、そういうふうにさきまわりして勝手に萎縮（いしゅく）する世の中らしい。だから、大袈裟に自粛したりするのだろう。さらに、さきまわりして火をつけ、炎上させて、人を苛めるのだ。言葉を言葉どおりに取らない人が本当に多いと思う。

天気予報などでも、「明日は晴れるでしょう。でも、疑問です」なんて言ったら炎上であるが、よく考えてみたら、天気予報なんて、そもそも疑問なのである。未来はすべて疑問だ。そうなるのか、ならないのか、わからない。

「どうなんでしょうね」という疑問の中にみんないるんですよ。違いますか？

4th period
52
/100

怒りから平和が生まれるだろうか？

僕のイメージだが、平和の作り方というのは、「平和を！」「戦争反対！」と絶叫し大勢で行進するのではうまくいかないように思う。むしろ、こういった光景はファシズムに近い雰囲気に感じられる。

そうではない。平和がいかに楽しいものかを、大勢の個人が示すことだ。馬鹿げたことをやって笑ったり、なんの役にも立たない歌をうたったり、趣味に走った絵をこっそり描いて見せ合ったり、人間よりも自分は犬の方が好きだ、猫の方が可愛いと思ったり、今日はちょっと贅沢していつもより高い定食を注文しただけで満足できたり、とにかく、そういった個人的な楽しさを、それぞれが自由にささやかに発信している状態、それが平和を導く方法なのである。

こういった自由がどれくらい掛け替えのないものか、それは、平和でない国や地域に目を向ければわかるだろう。そういった実在する不幸に目を向けろと強制するつもりはない。寄付をして満足できる人はこっそり寄付をすれば良い。立派なことだ、と自分で思うのが正しい。僕が言っているのは、「彼らを救え！」と大声を張り上げて、安らかな社会をかき乱す行為は、方向性が違うな、むしろ逆だな、と感じるということだ。

議論を戦わせるのは有意義であるけれど、けっして怒ってはいけない。感情的になることは間違っている。怒りは、それ自体が平和ではない。怒りが集まって大きくなっても、けっして平和な社会にはならない。そこに気づいてもらいたい。怒りは、戦争の始まりなのだ。

原始的な人間関係においては、怒りが悪を制するものだった。たとえば、悪いことをした子供には怒りを見せて正すことが自然だろう。社会に出るまえの子供には、そうして教える。それでも、子供が十代にもなったら、もう道理で教えられる。悪いことは自分にとって損なのだと。このときには、怒りはもう不要である。

こうしたシステムを人間は築いてきた。これがルールであり法治というものだ。つまり、みんなが怒らなくても、法律によって罪が裁かれることにした。本当の平和は、悪を封じるのに個人の怒りを必要としないシステムなのだ。今の世の中は、怒っている者が悪であり、笑っている者が正だという印象をみんなに与えるようになった。

したがって、正しい主張をするときには、どうか怒らず、冷静に、むしろ微笑(ほほえ)みを浮かべる余裕がほしい。正しさとは、笑えるほど当たり前のものなのだ。

4th period

53 /100

外交関連のニュースを見ていると、「冷静」を学ぶことができる。

国どうしの駆け引きが外交である。個人どうしとか組織どうしの争いとはレベルが違う。つまり、国内であれば、法律があって、裁判もあり、警察もいるから、正しいと信じる側は、そういった「お上(かみ)」に訴え出ることができる。しかし、国どうしの場合は、「お上」的存在はない。国連は、単なるメンバ間の発言の場である。だいたい、悪い国があっても、その国を逮捕して、裁判にかけ、監獄へ入れるわけにはいかない。なんとなく、それっぽい空気を作って「苛め」のような陰湿な対処をする程度だ。

アメリカなんかは、「世界の警察」と呼ばれたこともあるけれど、もうそんな時代ではなくなった。簡単には発砲できない日本の警察くらい大人しくなった。だから、日本の警察が、マフィアもいて市民も銃を持っているアメリカへ出向しているような感じだ。

ま、それは良いとして、ちょっとした揉(も)め事があると、各国の言い分がニュースとして伝えられてくる。そういった文章を見ていると、個人どうしの言い争いにはない、非常に冷静な言葉に出会うことができる。感情的な言い回しは滅多になく、表現を駆使して、理論に則って主張をする。文章を書いて仕事にしている者から見ると、大いに学ぶところがある。なるほどなぁ、と唸らされることが多いのだ。

絶対にお前が悪いだろう、と思われるような場合でも、ああ、そうやって躱すのか、という言い訳をする。屁理屈もあるし、言葉の定義の議論に持ち込む場合もあるし、認識の違い、観察の違い、などあらゆる手法が適切に使われる。「頭の良い奴が考えた結果だな」と溜息が出ることも多い。

これが、国内の企業レベルの発言になると、ここまで洗練されていない。ときどき失言もあるし、訂正もある。また、質問に答えられず、立ち往生するシーンもある。ところが、国を代表するような答弁にはそういったシーンはまず見られない。そもそも、国家というものは、簡単に謝罪などしない。

逆に、ちょっとした微妙なニュアンスの違いによって、気持ちを伝えたりするから、これもまた深遠で興味深い。読解する方もレベルが高いということである。

反体制派あるいは野党などは、国の方針にいろいろケチをつけるのが仕事である。しかし、他国を相手にして非難することは少ない。おそらく、能力的にできないのではないか。なにしろ、感情的な言葉で濁った主張しか日頃していない。「冷静さ」に欠ける発言の限界だ。上に向けた発言ではなく、下に聞いてもらいたい発言でしかない。

4th period

54
/100

「もう少し勉強してもらいたい」という批判のし方はみっともない。

相手の意見を頭から否定するときの常套句といえる。このほかに、「この人は、○○について基本的な知識に欠けている」なども多い。つまり、否定したい意見が、「誤解」であったり、「誤認」から生じたものだ、と反論しているのである。しかし、きちんと反論したいのであれば、どう誤解しているのか、何を誤認しているのかを示せば、正しさは自然に示せる。相手の立場まで否定する必要はない。

こういった批判をする人は、つまり「知っていること」に絶大な価値があると無意識に信じている。自分はその「知識」があるから「正しい」と考えている。

これは、今の大学入試などにも見られる傾向で、つまりは知識があることが正解する決め手になっている。知識を問う出題をしているからだ。その尺度が絶対視される社会では、知識の多いか少ないかが人間の偉さだと誤解してしまう人も増えるはずだ。

実際には、知識以外にも人間の能力は各種ある。たとえば、思考力というものは、知識とはさほど関係がない。ある程度の相関はあるけれど、それは、思考するために多少の知識がベースになることがあるためだ。

たとえば、数学の問題を解くには、思考力が必要だが、知識はさほどいらない。数学の問題が解けない人に、「もう少し勉強してもらいたい」とは言いにくい。社会科のように勉強したからといって、点数は伸びないのである。

論理というものも、非常に数学的である。数字は使わないが、物事の秩序、道理などから正しい結論を導く手法であって、たとえば、法律に従って善悪を決める議論は、道理による論争になる。法律の知識は必要だが、最後は論理の構築の確かさで勝負が決まる。「もう少し勉強して」なんとかなるものではない。むしろ、数学的な発想に近い思考で、周囲を納得させられる者が成功する。

つまり、相手が理屈を持ち出しているときに、「お前は知らないのだ」で反論するのは、必ずしも万能とはいえないし、多くの場合、論点がずれている。理屈には理屈で立ち向うしかなく、その理屈の例として知識を用いることができる程度で、相手の知識不足を指摘しても、さほど効果はないことになる。

世間の意見の多くは、知識の出し合い、知識量の比べ合いに終始している感はある。そういったレベルでは、勉強も大事だ。けれども、相手に「勉強してもらいたい」と非難する物言いでは、単に勉強量を誇示するだけで、格好が悪いと感じられてしまう。

4th period

55
/100

知らないならそう考えるのは正しい、と評価すべき。

前ページの続きかもしれない。僕は、小論文を大量に読んで採点をする、といった経験が数回ある。学生の書いたレポートなどにも、点数をつける必要がある場合が多い。

そんなとき、ある事項を知らずに書いている文章に対して、知らないことを非難するのは簡単だ。絶対に知っておくべき基本的な事項であれば、それを知らないだけで減点することになる。しかし、思考力、説明力、論理性、文章力といったものを評価するときは、そうではない。知らないうえでどう考えたのかを見る。

通常の意見であっても、これと同様で、もし相手がなにかを知らずに言っているのなら、それを知らせてあげて、知ったうえで再びどういった意見を主張してくるのかを待つのが筋である。議論というものは、そういうスタンスで行うのが正しい。

知らないだけで相手を批判することが「みっともない」と、少し強い表現でわざと書いたのはこのためだ。たとえ反対意見であっても、相手の立場を尊重して行うのが「議論」の基本マナーなのだ。

誰だって、世界中の情報をすべて知っているわけではない。また、常に変化する状況であれば、知識はどんどん古くなる。それに、観測する立場によって情報は異なったものにもなる。知らないことは教えれば良いし、間違っているならば、こちらの情報と違うことを指摘し、まずはその観測について議論すべきだ。多くの場合、反対する意見だというだけで、相手の知識が間違っている、知識がない、と決めつけ、「もっと勉強してこい」と言ってしまう。その姿勢が醜いし、それは自身の意見の不確かさを曝け出しているようなものである。

「知らないのであれば、そう考えるのも無理はない」と言いたくなるだろうけれど、そこを、「知らないのであれば、そう考えるのは正しい」と評価する余裕が欲しい。その余裕が、相手に信頼感を持たせることになるだろう。特に、若者や子供であれば、知識不足は当然であって、むしろ思考力の方を褒めるべき場面があるはずだ。

自分にとっても価値が大きい。つまり、この知識が欠けただけでそう考えてしまうのか、と気づかされる。こういった気づきこそ、他者と議論をする価値といえる。

知らないことが悪いのではない。それは、たとえば、目が見えない、という場合も同じで、目が見えない人はどう捉えているのか、という思考の広がりをもたらす。

相手の立場になって考えることができるのは、人間だけである。

4th period

56 /100

指摘を不満だと解釈する人たちの心理とは。

「こうした方が良いのではないか」と指摘すると、「不満を語られた」と感じる人が多い。さらには、「今のままではいけないみたいだ」と解釈したうえ、「私のことが嫌いなんだ」というふうに変換して感情的になる。「好きか嫌いか」を示すためにアドバイスをするのではない。そこはまず押さえておくべきだろう。

そもそも、指摘をするのは、多くの場合、それに関心があるからだ。仕事の内容であれば、改善するのが当然であり、指摘をするのもその人の役目の一つだったりする。これは「叱っている」のではない。「こんなことするから失敗したんだ」ならば叱ったことになるが、どうすれば良いかを提案するのは、実に好意的な姿勢だと思う。

仕事以外で指摘をするのは、それに興味があり、それを支持しているし、できれば自分も協力したいという気持ちから出る場合が多い。自分に無関係なことだったらなおさらだ。それでも、「どうして関係ない人から言われなきゃいけないの」とかちんと来るらしい。やはり、指摘はすなわち不満、という観念に取り憑かれている。

僕の奥様がこの傾向を持っているので、僕はアドバイスがしにくい。しかし、彼女によくよくきいてみると、子供のときからそうだった、学校の先生になにか注意をされると、先生は自分が嫌いなんだと思った、と話してくれた。そういった価値観が、子供のときに形成されるほど根深いものだとわかる。いくら「君のやり方に興味があって、協力させてもらいたいと思って、一つ提案するのだけれど」と丁寧に説明しても、そのとおりに受け止められるかどうかは微妙だ。まずは、相手に好かれている立場かどうかを確認するべきだろう。相手は、好きか嫌いかで、敵か味方かを決めるのだ。したがって、アドバイスをするまえに、なんとかして信頼を得るしかない（結婚するとか？）。

仕事ができる人、理性的な人になるほど、指摘を喜ぶようになる。まったく無関係な人からの批判的なものでさえ、聞いただけで嬉しくなるだろう。それが役に立つ方向性を持っていたり、ヒントになることが少なくないと知っているから、自分の利益になると直感できる。相手がどんな感情を持って言ったのかは、どうだって良い、と感じているだろう。自分に無関係な人の感情に対しては、見るか見ないかの選択ができる。

犬もそうだが、素直な子供は、指摘を受けることに喜びを感じているように思える。道を示し、導いてくれる保護者を本能的に欲しているからだろう。したがって、指摘に対して反発する心理は、かなり人間固有の「ひねくれ」、一種の倒錯（とうさく）だといえる。

4th period

57
/100

「なので」を最近よく目にする。

これは、しゃべり言葉でも、また文章中でも感じることで、いずれも十年ほどまえからちらほらと散見されるようになり、この頃ではもう普通になったといえるほど広まった。

僕の世代では、しゃべっているときに、接続詞としての「なので」は使わない。「だから」「ですから」を使うだろう。

「天気が良さそうなので」というような使用は以前からあった。文章の初めに来る、接続詞の「なので」の話をしている。今の若い人は、よくこれを口にするので、「ああ、若者の言葉だな」と感じる。

文法的に間違いではないし、意味も正しく通じるから、まったく問題はない。ただ、年齢が上の層には、「やや、馴れ馴れしい言葉」に聞こえるだろうから、面接などでは言わない方が賢明かもしれない。

面接で言わない方が良い言葉は沢山あって、たまに書いているが、「ぶっちゃけ」とか「いまいち」とかが定番だが、それらとは「なので」は少し違う、と僕は感じている。つまり、若者言葉で馴れ馴れしさを感じるのは、単にかつては使われていなかっただけで、べつに巫山戯てもいないし、流行言葉でもないからだ。

三十代の娘に聞いてみると、「だから」で始まる言葉がやや強すぎて、嫌味に聞こえるので、「なので」の方が自然で親しみやすい、ということだ。「だからぁ！」と声を荒らげて言ってしまうような場合を「強すぎる」と感じるのだと思う。長く使われていると、だんだん変形してしまって、そういう威圧的な意味にもなってしまうのか。

しゃべり言葉では、まったく問題がないと思うので、僕も小説の登場人物に、最近は(意識的に)「なので」を言わせているが、しかし、文章で使うことはまだ抵抗がある。論文でも、見たことはない。もっとも、論文では接続詞の「だから」も滅多に使わない。もう少し古い「したがって」になる。「なので」も、まえになにか付けて、「それなので」「そうなので」みたいにすれば、違和感は和らぐだろう。

こういう言葉の傾向をときどき書いているのは、「そんな新しい言葉を使うな」という意味ではなく、「相手によっては違う捉え方をされると知っている方が良い」からである。言葉は、相手があって成立するものだから、自分の言葉の性能をいつも正しく把握することが、コミュニケーション力というものだろう。

なので、言葉に敏感であることは、社会で生きていく基本事項だと思うのです。

4th period

58 /100

「友達にはなりたくない」という表現の危うさ。

単に好きか嫌いか、ということだとは思う。しかし、わざわざ、「友達にはなりたくない」なんて言うのを最近頻繁に聞く。多くの場合、相手のことを非難している。「やっていることは立派かもしれないけれど、私は友達にはなりたくない」なんて言うのだ。どうして、「やっていることは立派だ」で終われないのか、という問題がある。

好きか嫌いかを主張したいのは、何故なのか。自分の性質なり傾向なりを表現しているつもりだろうか。「誰も貴方の好き嫌いに関心はない」と言いたくなる。

そもそも、友達になりたい、友達になりたくない、と選別するのが実に滑稽であって、友達って、そうやって貴方が自由に決めて、グループ分けするためにあるジャンルなのか、と尋ねたくもなる。友達になりたかったら、本人にお願いするなりすれば良いだけだろうし、なりたくないなら、黙って離れていれば良いだけではないか。第三者に訴える意味がわからないのだ。

おそらく、友達になりたくさせることに、非常に大きな価値を見出しているのが、現代の特徴なのだろう。つまり、人間の「魅力」というものを、「友達になりたい」という言葉で表現している。逆に、「魅力に欠ける」という意味で、「友達になりたくない」と言っているのかもしれない。「友達」が人間性の指標みたいになっているようで、そこはかとなく怪しい。

この裏側には、友達が多い人は魅力のある人だ、友達が少ないのは魅力のない人間だ、という決めつけがあるだろう。これが万人共通の心理だと信じて疑わないから、こういった物言いになるものと思われる。はたして、そんな単純なものだろうか？

たとえば、アインシュタインは天才であり偉人である。そういう人に対して、友達になりたいかどうか、は考えないのが普通なのでは？　天皇陛下に対して、友達になりたいかどうかなんて、考える？

僕が言いたいのは、友達の多寡（たか）が人生の大問題なのは、子供のときくらいで、人間の価値のほんの一部でしかない、ということだ。

おそらく、友達がいないと悩んでいる人ほど、こういった物言いをしてしまい、人を友達になりたいか、なりたくないか、なれそうか、なれそうもないか、という基準で判定しようとするのにちがいない。たいていの場合、こういった発言をする人とは、誰も友達になりたくないだろう。言葉に、人間としての危うさが滲（にじ）んでいるからだ。

4th period

59

/100

「お忙しいところ……」とよく言われるが、皮肉だろうか。

昨年は、東京に二回も行った。一回はファン倶楽部の講演会で、もう一回は、アニメのスタッフと会って、インタビューを受ける仕事だった。どこへ行っても、向うは、「お忙しいところ、わざわざありがとうございます」と挨拶をしてくれるのだが、そこにいる誰よりも僕は暇なのだ。全然忙しくない。みんなもの凄く忙しいのは、見ればわかる。だから、「私が忙しいところへ、ありがとうございます」が正しいと思う。

この挨拶の根拠としてあるのは、忙しいことは望ましい状況である、という観念だ。逆に言えば、「暇」には悪いイメージがつき纏う。たとえば、「暇人」といえば、明らかに揶揄であって、褒めているのではない。暇は持て余すものであり、暇を出されたら失業するのだ。

忙しいとは、商売が繁盛している様子であるから、相手に「お忙しそうですね」と言っても失礼にならない。また、自分が「いやあ、最近忙しくてね」と言っても、嫌みには取られない。勤勉に働いている、という主張になる。

それが世間の常識、これまでの認識だと思う。

しかし、僕は暇人なのだ。暇になることを選んだ。暇になりたくてなった。暇であることを誇りに思っている。また、他者を見ても、暇な人を羨ましく思うし、暇人を尊敬しているし、人間のあるべき姿だとも認識しているのである。こういった感覚が、珍しいということはわかっているけれど、しかし、間違っているとは思わない。

暇でぶらぶらしている人間はろくな奴ではない、という認識は、社会が貧しいときにはそのとおりだったかもしれない。なにか悪いことでもしていないかぎり、それでは生きていけなかったからだ。もちろん、その当時でも、資産のある一部の人たちは、隠れて暇を満喫していただろうけれど、少数派だからおおっぴらに暇を自慢すると反感を買ってしまう、という事情があって沈黙していた。

社会が成熟し、今の日本のように全体に豊かになってくると、そんなにあくせく働かなくても質素な生活ならばできる金はある、という人はずいぶん多くなってくる。本人が困窮していても親が援助できたりする。だから、暇人でいられる。そうなると価値観もシフトしてくるだろう。暇が、さほど忌み嫌う状況ではない、と感じている人がけっこういるように見える。きっとそのうちに、「お暇ですか?」「ええ、けっこう暇ですよ」「羨ましいですな」といった会話が生まれるようになる、と思ったりする。

4th period

60

/100

「しかない」が、強調に用いられているようだ。

たとえば、「愛着しかない」と言えば、「非常に愛着がある」という意味になる。そのように使われている文章が多くなっている。これは、「楽しすぎる」のように、やはり強調する意味で使われる「すぎる」と同じだ。

本来、「しかない」は、「それだけのものであって、ほかに注目すべき点はない」みたいな意味で、「愛着がある」よりも、「愛着しかない」の方が否定的になる。使っている人は、逆の意味を伝えようとしているから、誤解が生じるだろう。この点でも、「すぎる」と似ている。

「美味しすぎる」と言う人は、「もの凄く美味しい」を伝えたいのだが、日本語をきちんと理解している人には、「美味しいけれど、不都合なことがあるのだな」と聞こえる。「彼には愛しかありません」と言う人が、その「邪念のない純粋な愛情」を訴えたいと思って言っても、聞いてる人には、「愛欲しかない人間で、ほかに取り柄がない」と伝達されてしまう。

とにかく、「強調したい」という欲求によって、どんどん新しい使われ方が編み出される。「とても」も「非常に」も元々は否定文に使うものだった。今では、「とても美味しい」と言ったところで大袈裟には聞こえない。だから、「凄い」というような凄惨さを匂わす言葉が次に現れ、「死ぬほど」とか「めちゃくちゃ」とかも駆使されたが、やがてこれも普通になった。言葉のデフレというのは、このように、言葉が持っていた強さが下落することだ。言葉が安くなるのである。逆に、言葉を貨幣だと見なせば、これはインフレになる。言葉を沢山使わないと、価値が正しく伝えられない状況だ。まあ、どちらでもかまわないけれど……。

しかし、「しかない」や「すぎる」を強調に使うのは、やはり、一言でいえば、拙い表現力だと言わざるをえない。拙いから、本来の使い方ができず、そうなってしまった。間違って使ったら、面白いから広まった、ということだろう。

たしかに、子供向けのヒーローものなどでは、最初から「この技しかない！」みたいに叫んで技を繰り出すから、それを見ている子供たちは、凄い技なんだ、と思うのだろう。「ほかに技はないのか」とつっこみたくなるのは大人だけである。「地球を救うのは私しかいない」なんて言うのは、独裁者の演説であるけれど、私の存在が強調されているといえば、まあ、そうだろうか。こんな苦しい納得しかない。

4th period

61

/100

「私だろうか」「私でしょうか」で終わる文章を幾つか見た。

「私だけでしょうか」と疑問を投げかけて終わる文章は、あまりにも定番であって、この頃では使いづらくなった、と思っているのは僕だけでしょうか。

もちろんこれは、「〜と感じている人は沢山いるはずです」あるいは、「そう思っている人は少ないかもしれませんが、でも私の意見を聞いて頷いてくれる人はきっといるはずです」といった気持ちを伝えようとした言い回しである。

もの凄く当たり前で、大勢が言ったり感じたりしていることを指摘するのではなく、多少マイナなものであるけれど、でも賛同者はいる、そんな状況を表しているのが本来の意味で、それなりに洒落た言い回しだったのだが、とにかく大勢が真似をするようになった。だから、ずいぶん使い方が荒いものが多い。誰でも思いつくことを言って、「私だけでしょうか」と言われても、「そんなわけあるか?」と思ってしまうし、また反対に、全然変なことを言っておいて、「僕だけでしょうか」で締めくくられていると、「お前だけだよ」と言いたくなる。

基本的に、自分の意見のメジャさ、マイナさを意識しているわけだから、良くいえば空気を読んだ姿勢だ。日本人らしい表現かもしれない。

これは、実際に話すときにはあまりにも嫌味で、もはや使えないだろう。会議なんかで言おうものなら、失笑されるだけである。エッセイや、ちょっとした一文で使われる。それを、ブログやツイッタで素人が真似をするから、価値を落としてしまった。

ところで、最近のことだが、この変種を幾度か目撃した。「だけ」が抜けているのだ。「こんなことを考えるのは私でしょうか」「なんてことを言いたくなるのは僕でしょうか」とあった。これは、単なる間違いなのか、それとも洒落たジョークかユーモアなのかまだ判然としない。後者だとしたら、けっこう面白いし高等である。

なにかの受け売りで書いたことであって、「私がオリジナルかどうかわかりませんよ」といったふうにも聞こえるし、また、自己の曖昧さを哲学的に表現しているようにも感じられる。たとえば、食事をしたあと、「美味しかった……、と言ったのは僕でしょうか」みたいに締める感じ。こういうのが、好きなのは僕だけだろうか。

裁判などで、「記憶にございません」と突っぱねる物言いにも通じるものがある。「それらしい記憶はございますが、それを言ったのは私でしょうか？」みたいに主張する手がある。「私は一人なのでしょうか？」と言っても効果があるだろう。

4th period
62
/100

「やりきれない」と「やるせない」はだいぶ違う。

多くの人の語りを観察していると、「あぁ、なんだか、ちょっと寂しくて、やりきれない気持ちになるよね」などと使っていることがあって、それは「やるせない」ではありませんか、とつっこみたくなることが多い。きちんと使い分けていますか？

「やりきれない」は、「やりきる」ことができないのだから、つまり、「最後までやりとおすことできない」が本来の意味で、もちろんそのままの意味でも使う。しかし、「やっていられない」状態が長く続く、我慢ができそうにない、という気持ちを表すのに普通は使われる。一瞬ならば耐えられるが、ずっと我慢はできない、という意味だ。

「やりきる」の「きる」は、「切る」であり、「走りきる」のように最後まで到達する動作を示す。「食べきる」「思いきる」などはよく使われる。

「待ちきれない」でも同じで、「長く待ちつづけることは無理だ」の意味になる。「食べきれない」ならば、完食できないことを示す。

「諦めきれない」なども使うが、これも諦めようと思っても、長く執着が残るほど難しい、という気持ちで、つまり、何度も諦めているが効果がないみたいな状態だ。でも、「忘れきれない」はあまり聞かない。同様に使える気がするが、「忘れる」が、自己判断で実行できる行為ではなく、結果の状況を表しているからだろう。したがって、「忘れられない」でほぼ同じ意味になる。「憎みきれない」はあるが、「好みきれない」はないようだ。あったら便利そうだが。

さて一方の「やるせない」は、「やる瀬」がないという言葉で、心の行きどころがない、心をどこへ向けて良いのかわからない、つまり、心が晴れることがない、という意味になる。なんとなく憂鬱(ゆううつ)だ、虚しさを感じる、みたいに解釈される。

混同の疑いがもたれる「やりきれない」と「やるせない」は、両方とも対象を好意的に受け止められない場合に使われるので、その場ではコミュニケーションが成立してしまう。ただ、ニュアンスは随分違うので注意が必要だろう。前者は、「ちょっとやそっとでは許せない」くらい強い意味だし、後者は、溜息混じりに諦めているけれど、すかっと壮快というものではない、「モヤッとする」ことを示している。たとえば、安保法とか原発に対して、「やりきれない」と言えば反対運動に近いが、「やるせない」と言えば、どちらかといえば、許容するしかないね、と聞こえる。言葉というのは、似ていても、場合によっては反対の意味に取られる危険性を有しているのでご注意を。

4th period

63

/100

「穴のあいた靴下を履いています」と言うと、眉を顰める人が多いが。

わりと何人かに、その話をしたが、「穴のあいた靴下」というのは、指の先が出てしまうような使い古された靴下のことだ、とみんなは想像する。それくらい、人間は言葉に対して安易な一発変換をしてしまうのである。では、小説風に再現してみよう。

「いやあ、僕ね、穴のあいた靴下を履いているんですよ」

「あら、どうして？　新しいのが買えないの？」

「いえ、そんなことはありません。貴女は、穴があいた靴下は履きませんか？」

「そんなもの履きませんよ。みっともない」

「不思議ですね。穴のない靴下って、どうやって足を入れるんですか？」

馬鹿馬鹿しいジョークだと笑ってしまうのではなく、言葉が言葉どおりに通じていない現象をここに見ることができるだろう。実は、シャツもズボンも帽子も、新品のときから穴があいているのだ。「それは穴とは言わないよ」と言う人には問いたい。では、何と呼んでいるの？

手相とかを見て、将来を占うのは、簡単だ。誰にでもできる。こう言えば良い。「いずれお亡くなりになります」これは絶対に外れない。

「今、突然起こされたばかりで、頭がぼうっとしていて……」なんて言う人には、「寝ているときは頭がぼうっとしていたの？　それともすっきりしていたの？」と聞きたくなる。頭がぼうっとしていることは、ぼうっとした頭でもわかるのか？

「空き巣に注意」というポスタがあったが、空き巣に注意をしているのは泥棒ではないのか。あれは、「空き巣狙いに注意」の意味だろうけれど、それでも、空き巣になったら家人はいないのだから、誰が注意をするのかよくわからない。

かように、言葉というのは、ちょっと変なまま通じてしまうのであり、言葉を言葉どおりに取ると、かえって厄介な人間だと（僕のように）見なされてしまうのだ。

回覧板が「板」でないと主張するつもりはない。切符を切るというが、どこを切るのか。アクセルは吹かすのにブレーキはかけるのか。何故、誰も不思議に思わないの？

このまえ、「五輪自転車競技」とあったので、そんな凄い自転車があるのか、と思ってクリックしてしまった。自動車型のヘリコプタの模型だと興味津々でクリックしたのが「カードローン」だ。なんとなく、僕がおっちょこちょいだから、こんなトラブルに遭遇しているだけなのか。ままならない言葉の世界に悩み続けている。

4th period

64

/100

「どうしたんですか?」という質問は何をきいているか。

なんでもないことに、ふと疑問を抱いてしまう人がいる。僕のことだ。なにか異変がありそうな顔をしている人に、「どうしたんですか?」と尋ねる場面はミステリィの定番であるが、この「どうしたのか?」という疑問形は、何をきいているのだろう?

「何があったのですか?」の意味だと思う。また、道端で蹲(うずくま)っている人に、「どうかしましたか?」と尋ねるのも、まあ意味がそのとおりでわかりやすい。しかし、「どうしたんですか?」は少し変なのだ。

「どうした?」とは、どのような方法なのか、と問いかけている。「こんなふうになった理由は何か?」という問いである。だから、部下の刑事が駆け込んできたら、部長はこの台詞を吐く。なにかがあったことは察せられるから、「どんな理由があって、お前はそんなに慌てているのか?」という意味になる。

その意味では、顔面蒼白になっている人を見たら、「どうしたんですか?」は許容できる。そこまではなっていない、ごく普通の振舞をしている人に、「どうしたんですか?」

と尋ねることに違和感を覚えるのである。たとえば、机の下に頭を入れていたら、「どうしたんですか?」ときかれるだろう。でも、これは本来、「何をしているのですか?」が正しい。「どうした?」と過去形できかれる筋合いではない。今やっていることは探している行為である。しかし、相手は、「何故探さなければならなくなったのか?」と問いかけているのかもしれない。「エンピツを落としたので」と答えるとそれは辻褄（つじつま）が合う。過去の行為を尋ねているからだ。ただ、僕の観測では、多くの場合、今していることを尋ねている。その原因となった過去の因果ではなく。

でも、現在進行形が日本語にはない。「どうしつつあるのですか?」なんて言ったら笑われる。「どうするんですか?」と現在形で尋ねると、これは未来のことをきいている意味になってしまう。つまり、「どうしたいのですか?」の意味と同じだ。また、「どうですか?」では、「How are you?」と同じで現在の状況をきいていることになるが、体調や気持ちを尋ねているだけで、行動について尋ねているようには受け取れない。ようするに、適切な言葉がないから、「どうしたんですか?」になってしまうのだ。ちなみに、英語では、「What are you doing?」「May I help you?」が近い。後者のように、自分にできることがあるか、との言い回しは、日本の「おもてなし」を彷彿させるが、これに相当する日本語は、「はい、承ります」かな?

4th period

65 /100

コンビニ強盗を撃退した「何で?」の破壊力。

いつだったかこんなニュースを見かけた。コンビニでナイフを見せて「金を出せ」と強盗が脅すと、店員が「何で?」と答えた。強盗は、そこで狼狽(うろた)えたのか、そのままなにも盗らずに逃げてしまった(のちに捕まったという)。

これは、非常に興味深い。いろいろ考えを巡らすことができる。まず、店員には「金を出す理由」がわからなかった。だから、「何故、出さなければならないのか?」と尋ねたのか。強盗にはそれがまったく想定外の質問だった。普通だったら、「これが見えないのか?」くらい押しても良さそうな場面だが、このキモの据(す)わった店員に恐れをなしたのか、あるいは、金を出す理由を答えることができず、自分がやっていることの理不尽さに気づき、疾(やま)しさに耐えられなくなったのか、とにかく逃げることにした(おそらく、後者の理由はありえないだろうが)。

僕は、口癖のように「何で?」と言うらしい。ときどき意識して、「どうして?」「何故?」も織り交ぜているけれど、ようするに、理由をすぐ尋ねたがる癖がある。否、癖ではない、理由を知ることが大切だと思っているからだ。

奥様からなにかを依頼されると、必ず「何で？」と言ってしまう。奥様にしてみると、これが不愉快らしい。「理由など聞かず、言われたことをすれば良いのじゃ」と織田信長みたいに考えているのかもしれないが、これは僕の捏造、否、想像である。

とにかく、奥様は、「何で？」と言われると、ほとんど断られていると感じるとおっしゃっている。ようするに、「何でそんなことせにゃならんのじゃ！」と罵声を浴びせられていると被害妄想するようだ。それを聞いて、僕は気をつけているのだが、「何故？」や「どうして？」と言い換えても同じだった。

僕は、言われたことを喜んでやるつもりである。そして、理由を聞けば、より的確な対応ができるだろう、という気持ちで尋ねている。ここが伝わっていない。だから、まず、「いいよ」と返事をして、そのうえで、詳細を尋ねるのがよろしいと考えるようになったが、僕の「何で？」は、それをショートカットしている結果だったのだ。どうも、せっかちだからこうなってしまう。

たぶん、僕がコンビニ店員だったとしても、「何で？」と尋ねてしまうだろう。強盗は金に困っている。その事情をきいてやろうと思うからだ。でも、そんな気持ちは伝わらない。危険な目に遭うかもしれないから、コンビニのバイトはできない。

4th period
66
/100

コマーシャルが、単なるメディアになってしまった。

たとえばＴＶにつぎつぎと登場するコマーシャルを見ていて、アイドルが出てきたり、ペットが出てきたり、洒落ていたり、笑えたりすることはあるかもしれないが、では、それが何の宣伝なのかと問われると、「あれ、えっと……」と考えてしまう人が多い。また、たとえ何の宣伝かわかっても、宣伝に乗せられて商品を買いにいく気はない、と答える人が増えているように見受けられる。つまり、そのコマーシャルによって売り出されているのは、宣伝対象の商品ではなく、映像に登場するタレントやモデルであったり、また映像作家であったり、プロデューサであったりする、ということ。これが、つまり「メディア」になった、と言っている意味である。

たとえば、僕は本を出しているのだが、十年ほどまえからだろうか、本が出ると同時にカバーのデザインを担当した人とか、イラストの作者だとかが、ツイッタやブログで、「私が担当しました！」とアピールするようになった。かつては、そういったことはなかった。カバーの折返しなどに、担当者の名前が書かれているだけだ。そういう「裏方（うらかた）」的な存在だったのだ。これは、映画やドラマでもきっと同じだろう。衣装を担当した人とか、ちょっと出るだけの超脇役の俳優などが、「今日出ますよ」と宣伝して自己アピールをしている。酷いときには、まだ本家が情報公開していないうちから明かしたりする。僕の場合にはないけれど、編集者が「私が編集した本です！」なんてＰＲするのも、最近ではよく見る光景になった。

これは古来の職人気質とは一線を画するものだと僕は感じる。僕的には、これは「格好の悪い」ことに感じられる。たしかに、そこで仕事をしたのだから、いけないことではないけれど、でも、作品が売れることがあくまでも第一であって、それを自分のステージみたいにするのは行きすぎだと思うのだ。たとえば、素晴らしい演劇を見たあとに、「この大道具は私が作ったんですよ」と製作過程をプロジェクタで見せるような行きすぎ感である。「自己主張」しなければ生き残れないのかもしれないが、やや浅ましく見える。良い仕事をすれば、自ずと「これ誰がやったのだろう」と見た人は感じるわけで、必ずその担当者へ行き着くのだから、わざわざ出てくるのは逆効果ではないだろうか。でも、コマーシャルがメディアになったくらいだから、なにもかもすべてが、クリエータにとっては単なるメディアなのかもしれない。良い悪いではなく、時代を感じさせる。今はそういう時代なのだ、と認識を改める方が正しいのだろうか。

4th period

67
/100

「煽らない文句」による「正直宣伝」「謙遜CM」が流行るのでは？

既にそういうものがあるのかどうかは知らない。あまり宣伝というものを見ない生活をしているからだ。しかし、たとえば、僕が知っている書籍のオビなんかを見るかぎりでは、「日本人らしい慎ましさ」というものは欠片もない。嘘ぎりぎりまで誇大し、あまりにも下品な気がする。いかがだろうか。

「衝撃の話題作！」とあっても、もう誰も信じない。そもそも新刊書下ろしなのに、どうして「話題作」になるのだろう。編集部の二、三人の間で話題になった、ということか。騙されたと思って読んでみると、あまりの普通さに衝撃を受けることになる。

「世界が認めた」とか、「空前の超大作」とか、どれほどその文字に効果があるというのか。消費者にしてみれば、ほとんど気にもかけていないだろう。だいたい百分の一くらいに薄めて僅かな香りくらいを嗅ぎ分ける程度になっている。キャッチを考える労力も無駄だし、せっかくのカバーデザインが、そんな意味のない文字が書かれたオビのために隠されてしまうのが実にもったいない。

もっと正直に、内容に則して、しかも多少は控えめに、オビに書いてはいかがだろうか。たとえば、「まあまあ面白い方」とか、「見どころがなくもない」とか、「森博嗣ミステリィの平均値だ」とか、「これは単なる通過点」とか、「深淵なる妥協」とか、「最後まで読めれば幸運」などなど。案外、ユーモアがあって効果が挙がるのではないだろうか、と想像する。そんなユーモアのわかる人の比率がどれほどかに一抹の不安はあるけれど。

それ以前に、慎ましくしたいのなら、宣伝文句をなくせ、と言われるだろう。オビをなくせば良い。どんな本にも例外なくオビがあるのがおかしい。本来、オビが持っていたはずの特別感は今はまったくない。やめてしまうのが正しい。僕は、これについて幾度か編集部に提案をしたが、そういうことには今のところならない。彼らには彼らのやり方があるし、また、オビの文句を考えるのが仕事の人、デザインをするのが仕事の人、印刷をして本に巻き付ける作業が仕事の人など、それぞれに既得権がある。だから廃止は難しい、とわかった。であれば、やはり正直に本音を書くのが良いと思ったので、この文章を書いてみた。

このシリーズは今回が五冊めだから、「五冊も続くなんて凄いな!」なんてどうだろうか。それとも、「これが本当の潮時だ!」でも良いと思う。

4th period

68/100 二十年間ブログを書き続けてきて思うこと。

僕は、一九九六年の夏からブログを書き始めた（当時はブログという呼び名はなかったけれど）。以来、ほぼ毎日ブログを書き続けている。すべて無料公開だった。いろいろ発表媒体が変わっているのでずっと続いていると気づいている人は限られる。たとえば、昨年からは、ファン倶楽部（入会無料）の会員限定のサイトで公開している。

印刷して出版されたものも、三十冊近くに上る。自覚は皆無だが、歴（れっき）としたブロガかもしれない。現に、本書だって、ブログみたいな雰囲気だ。

ブログには、これまでにない新しさが（ほんの少しだけれど）あった。まず、一番の特徴はネットという公開手法。少しずつ（たとえば毎日）読める。したがって、テーマにするものが新しいネタだったら新鮮なうちに話題にできる。また、ネット上で反応も早く受け取れる。反響を次の内容に反映することも簡単だった。この対話性がこれまでになかった文化を生んだといえる。

次に、テーマが一貫している必要がない点が特徴である。この点は随筆と同じだが、印刷された本では、テーマ的なものがタイトルになるのに比べ、ブログはもっと無制限で、広範囲に話を飛ばしても良い自由さがある。古いエッセイの読者からは、「なにを訴えたいのか、焦点が絞られていない」などと批判されたものだが、そもそも絞ろうともしていないのだから、そのとおりだった。

さらに、もともと日記から始まったものなので、作者の日常を覗き見ることができる。日記ファンというのは、それ以前から存在していて、一個人の生活を窺う楽しさというものは、小説にもなくエッセイにもない魅力があったようだ。僕自身も、作家の日記を読むことは好きな方だから、この点でも相性が良かったと思う。

僕はブログを書き始めた当初から、写真を入れるようにした。最初は容量的に難しさがあったものの、しだいにそれも改善された。そのうちに写真が本文と関係ない場合でも入れるようにした。ちょっとした挿絵的な感覚である。当時は非常に珍しかったが、最近では写真がないブログの方が少ない。逆に、僕はこの頃写真を入れないようにしている。あまりにもネットに写真が増えすぎたからだ。

日本人はブログが大好きだ。世界でもこんなにブログを書く民族はいない。世界的に見て、けっしておしゃべりではないのに、この形式の自己発信にははまってしまったわけである。まるで、なにかの国民的・国家的鬱憤(うっぷん)があったかのようにも見えてしまう。

5th period

5限目

生き方の「枠」をつくる信条論

5th period
69
/100

「読破」を一冊の本を「読了」したという意味で使う世代。

ちょっと目が潤んだくらいで「号泣」、「わりと面白かった」と言っただけで「絶賛」と謳われるのが、近年のマスコミの言葉デフレだ、とこのまえ書いた。その一つかもしれないが、本を読了したときに、「読破した」と呟く人が多数いる。かつてはなかった使い方である。おそらく、そういう人は、「今日は自宅の庭を隅々まで踏破しました」と写真付きでツイートするのにちがいない。

「読破」を使っても良い状況とは、たとえば、谷崎潤一郎を読破した、岩波文庫を読破した、というように「もうその領域には読むものがない」場合だろう。たとえば、ある小説が、前、中、後の三編に分かれていて、分厚い本を三冊読み終えたとしても、僕としては、まだ「読破した」とは使えない。それは、単に「読了」である。ようするに、たとえ一作であったとしても、せめて数十巻はないと駄目だろう。百歩譲っても、やはり十冊くらいが限度である。

たとえば、四百メートルトラックを「走破」した、と言えるだろうか。「破」という言葉には、「端から端まですべて」というだけではなく、「非常に困難を伴う」あるいは、「労力や時間を大量に使って」「やり遂げた」という響きが含まれている。

もちろん、個人によって労力も時間も違ってくるので、読むのが遅く、一冊読むのに十年もかかる、という人もいるかもしれない。その人が、初めて一冊の本をすべて読んだというならば、「読破できました」と語る資格はあるだろう。

とまあ、そんな老婆心から、若者に尋ねてみたところ、「いえ、あれは、途中でほかのことを挟まず、一気に一冊を読みきった、という意味なのでは」と言われた。なるほど、息を止めて一気にプールの端から端まで泳ぎきった、みたいな「集中」や「勢い」を「破」に込めているらしい。

ちなみに、読破、走破、踏破などはあっても、眠破、食破、考破などはないみたいだ。これはつまり、位置的な始点から終点までをイメージしているようだ。その距離を貫き終わったことを示しているのである。また、やはり、記録を破る、という意味での「前人未到」感があるように思う。なんというのか、ゴールには見えない幕が張られていて、そこを「突破」するみたいなシーンだ。

人生にはところどころ、このような幕があって、勢いをつけて突き破らなければ前に進めない場面に直面する。そんな人生を、誰もが例外なく走破するのである。

5th period

70

/100

「性格が良い」って何？「そんな性格いらんわ」という印象。

「性格」というものが、そもそも不明確だ。もともとは、人間の精神の傾向のようなもので、「気質」ともいった。けれども、人間も大人になれば、自分の考えで振る舞うことができるので、その人の本質は見えにくくなる。したがって、一般的に「性格」と呼ばれているものは、見かけの傾向であって、単にいつも笑顔でいるとか、挨拶をするといったくらいで「あの人は性格が良い」なんて言われてしまうほど軽々しい。

かなり長時間つき合うと、振る舞っているものが綻(ほころ)びる瞬間に出会うことがあるから、少しずつ本当の「性格」が見えてくるが、それでも、時と場合によるし、観察者によって大いに異なる。なにしろ、相手によって性格なんかころっと変化するからだ。

つまるところ、観察者に好意をもって接してくる場合は「性格が良い」と判定され、逆であれば「性格が悪い」となる。だとしたら、単なる相性ではないか、ということになるだろう。

現に、観察者の性格が悪いと、周囲の人も性格が悪くなる。性格が良い人が見ると、みんなが性格が良く見える。だから、まず自分の性格を直せば、他者の性格も改善されるという現象が起りうるのである。

この程度のものが性格か、と思っても良いだろう。あまり深く考えず、適当ににこにこしていれば良いみたいだ（変な性格だと思われる可能性もあるが）。

「大人しい」とか「ワイルドだ」という性格ならば、まだわかる。「人見知りする」「社交的」みたいなものも、やはり「性格」としてあるだろう。今話しているのは、「良い悪い」と決めつけることだ。履歴書に「性格」の欄を見たことがあるが、「良い」なんて書いたら、馬鹿だと思われるか、性格が悪いと判定されるにちがいない。

おそらく、「人が良い」「人が悪い」という言葉から流れてきて、使われるようになったものと（言語学者になったつもりで勝手に）推測している。「人が良い」は性格が良いとはだいぶ異なる。「人が悪い」も使い方が違う。昔のドラマなどで、「お人が悪い」と相手の肩をぽんと叩く女性がいるが、非難の言葉ではない。「人がいいんだから」と言われても、やはり非難の響きはない。この場合は、いずれも歴とした「性格」を表現しているのである。もっとも、履歴書の欄に「人が良い」なんて書いたら馬鹿だと思われるから、やらないように。

良くも悪くもない性格とは、どんなものだろうか。「性格がない」ということ？

5th period

71/100

「早めに死にたい」と言う人は、みんなから慕われている場合が多い。

僕が観察して感じたことで、調査をしたわけではない。僕は、若い頃から自分よりもずっと年寄りの友達が多い。あまり自分の寿命とか死期について話すことはないけれど、なにかのはずみで冗談っぽく出てくる言葉から、少しずつわかってくるものだ。

「元気なうちに死にたい」とか「もういつ死んでもいい」とか、そんな話を笑ってできる人は、たいてい、「そんなことおっしゃらないで下さい」という人たちに囲まれている。人望があり、充実した生き方をしているように見える。だからこそ、「死んでもいい」と言えるのだろう。

一方、老いること、不健康になることを心配して、「まだ死にたくない」と口にする人は、今現在でもなんらかの問題を抱えている。その不満があるから、このままでは死ねない、と考えるのだと思う。今はたまたま辛い時期だが、これを脱すれば少し楽になる。そんな時間を期待しているから、それを失うことを怖れる。

僕は、前者が良くて、後者が悪いという話をしているのではない。客観的に見れば、前者には「俺は慕われているなあ」と自己満足している人がいるし、後者には、難しい環境で一所懸命に頑張っていて、立派な活動を続けている人もいる。個人を比較しているのではなく、ある個人の中で、この傾向が見られるということも指摘しておきたい。

どちらにしても、いずれは死ぬのだし、それがいつかなんてわからない。もし、いつとわかっているとしても、それをどう捉えるのかで、やはり二とおりに分かれるというだけだ。結果として、「面白い人生だったな」と笑って死ぬか、「悔しい、もっと生きたかった」と歯ぎしりして死ぬか、という違いであって、特に大差はない。

その差が大きいという主張もあるだろうけれど、客観的に観察すれば、幸せか不幸せかも、成功か失敗かも、また別の問題である。

笑ってゴールするランナと顔をしかめてゴールするランナがいるけれど、順位とは無関係だ。傍から観察して表情がそう見えても、実際の気持ちはわからない。「立派だった」「可哀相だった」と勝手に推測するだけで、本人の気持ちなんてわからない。「立派だ」と思わせたい見栄っ張りもいるし、「可哀相だった」と同情されたい人もいる。

そんなことをいろいろ考えながら死ぬのである。「考えたくない」という人も死ぬし、絶対に考えてしまうだろう。

意地悪で書いているのではない。覚悟くらいはしておくように、ということである。

5th period

72

/100

傷つかないよりは傷ついた方が良い。

傷つきやすい人は繊細で、大事に扱われるのかもしれないが、僕が知っている範囲では、自分で「私は傷つきやすい」なんて言っている人は、傷つきにくい人だと断言できる。傷つきやすいなんて自分で発言できるのが、かなり頑丈な心臓の持ち主であることを示している。

また、相手を傷つけることは、できるだけ避けた方が良いにきまっているけれど、第三者が傷つくことに過敏になっている人は、一度は自分が傷ついてみた方が良いかもしれない。

たまたま本当に災難があったりして傷ついた人は、傷の重みをしっかりと感じているはずだから、安易に「傷つく」なんて言葉にもしなくなるだろう。

たとえば、本当の悲しみを経験すると、「悲しくなる」なんて安易に言えなくなる。人を悲しくさせないように慎重にはなるけれど、「誰某が悲しむじゃないの！」と相手をやり込めるようなことはできなくなるはずだ。だから、「悲しむ人がいる」と主張する人は、まず自分が悲しんでみるべきである。

傷ついたり、悲しみを経験したりすると、むしろ人は優しくなるものだ。周囲に対しても、傷ついたことや悲しみに関することを見せないように気を遣う。それが自分の責任だという使命感を持つ。こうして、人は立ち直るのだ。だから、その責任感、使命感が優しさとなって表れる。

マスコミは、傷ついた人や、悲しみを味わった人にマイクを向けて、涙を誘おうとする。その映像を見た人は、同じように涙を流し同情する。しかし、これでなにかが解決することはない。マイクを向けられた人も、まったく救われない。人に話して、泣いてもらいたいなんて思っていない。同情してもらいたいなんて考えていない。むしろ、その逆であることの方が多い。つまり、傷というのは、他者に触れられたくないものなのだ。

もちろん、特定の人、信頼できる親しい人の場合は別である。そこでは、悲しみの共有が生じ、分散される効果もあるだろう。僕が話しているのは、まったく無関係の大勢に傷を見せる行為についてである。マスコミは、ここをよく考えてほしい。

なかには、広く大勢に訴えることで、自分の傷を治す人もいるかもしれない。マスコミが見せる幻想を信じてしまった人は、この場合は幸いである。そういう例はあるけれど、それがすべてにわたって正しくはない、ということを書いてみた。

5th period

73

/100

「優しさ」の測り方を教えよう。

優しさというのは、簡単にいえば他者を大事にする性能のことである。これは、ある個人の固有の性能というよりも、ある個人が他の個人に向けて発揮するものであるから、相手によって優しさは変化する。これくらいは、ちょっと社会を観察すればわかることだと思う。

さて、ではこの「優しさ」をどのように把握すれば良いだろう。ほとんどの人は、「優しい言葉をかけてくれるか」とか「優しい態度を見せてくれるか」などを想像するはずだ。いや、「私のためにいくら出費してくれるか」だという人もいるかもしれない。価値観はそれぞれだが、そこまで親しくなくても、普段のちょっとしたことでこれが測れるので、それをご紹介したい。

簡単にいえば、「約束」をどう実現するか、である。約束を守るのは、まあ当然であって、これができない場合は、「優しさ」以前に「人間」として失格である。

たとえば、一時に待ち合わせをしたとき、ちょっと早めに行って観察すると良い。相手は、何分まえに来るだろうか。一時を一分でも過ぎる、つまり遅刻するような奴は、これまた問題外であって、優しさ測定の対象外である。何分まえに来るかで、貴方に対する優しさが測れる。一分まえでは、ほとんど優しくもないが、五分まえだったら、優しいだろう。十分まえなら、もっと優しい。

仕事の約束でもこれは言える。仕事はリレーのように、次の工程へバトンタッチをしていくものだ。それぞれに〆切が決められているが、〆切よりも早く仕上げてくる人は、貴方に対して優しいということになる。間に合えば良い、と考えるのではなく、少しでも次の作業が楽になるように、という気持ちがある証拠だし、全体の工程を考えていて、時間的余裕が仕事の質にいかに大事かということがわかっている。

ここでいえるのは、「時間」というものを他者のために提供できるかどうか、ということなのだ。時間は金よりも労力よりも高い価値を持っている。その高価なものをさりげなくプレゼントされているのである。「優しさ」というのは、結局のところ、自分の時間をどれほど差し出せるか、ということ。測り方はさまざまあるけれど、結局はここに表れる。金や一時の労力などは誤魔化せるけれど、時間は誤魔化しにくいので、最も測りやすい指標となる。

さて、優しさを測って確かめて、それが何なんだ？　という問題が次に待っている。

5th period

74 /100

「あの人だから格好良い」ということを忘れないように。

ファッション雑誌などを眺めて恍惚(こうこつ)となっている人たちは、これを忘れているのだろう。そうでなくても、「幻想」を見ている。素晴らしいことだ。皮肉ではない。

格好の良い人に純粋に憧れるのも、幻想を追っていることに変わりはないけれど、これは、強いものに従う動物の本能に近いものだとも思える。それに比べると、その人のようになろう、という思考は、やはり人間の「幻想」だ。たとえば、「コスプレ」などがこの最たるもので、夢を見ているのである。素晴らしい。皮肉ではなく。

何が素晴らしいかというと、エネルギィとしては同じ方向へむかっていること、つまり、反発するわけではなく、流れに乗って、たとえ追いつけなくとも方向だけで良い、少しでも近づきたい、という素直さだ。これは、子供を観察しているとよくわかる。なんでも真似をしたがるし、運転手さんとか正義の味方とかに自分を擦り寄らせる。この子供の素直さが、人をどれほど成長させるかわからない。

しかし、幻想はいつか壊れるときが来る。憧れていたものと現実の自分とのギャップに気づくだろう。そのとき、でも、できるだけ近づければ良い、と諦めを受け入れるか、それとも、反発してしまうか、といったところに個性が表れてくる。いずれが良い悪いではない。どちらも影響を受けたことでは同じである。

格好の良いものをトータルで見ているうちは、幻想は長続きするだろう。ぼんやりと見ているうちはわからない。しかし、何故格好良いのか、と原因を考え、これを言葉にして理由化すると、本質から離れる。ファッションであれば、「この服を着ているからだ」と理由化するから、服を買ってしまうのだが、自分で着てみて、衝撃を受けるかもしれない（この衝撃を受けない人もいる。それは、既にギャップに気づき、諦めを持って受け入れている人である）。

たとえ同じ体形であっても、同じ格好良さにはならない。その証拠に、いきなりスター扱いされたりしない。何が足りないのか？　それは、「あの人ではない」からなのだ。残酷な言い方になるけれど、足りないのは、貴方のトータルなのである。

人は誰でも、どこか足りないものである。貴方が憧れている「あの人」だって、足りないものがある。完璧ではないはずだ。でも、それは見えない。見せないようにしているし、また、見ないようにしているだろう。人は、それくらい「幻想」が好きで、「幻想」を大事に育てている。ここがなによりも素晴らしい。皮肉ではない。

5th period

75 /100

「個性派」と謳われたものの画一さといったらない。

「個性派」というのは、俳優などに使われることが多い。どういう意味なのか全然わからないが、まあ、あえてほかの表現にすると、「柔軟でない」というような意味らしい。役に合わせて変幻自在に対応できる俳優は、個性派とは呼ばれない。自分が持っている個性を前面に出すから、いつも同じようなキャラクタなのが個性派だ。

「個性的」もだいたい同じ意味に使われている。この頃は、多くの人が「個性的」つまり「ユニーク」に憧れている。悪くない、良いもののようである。

本来は、みんなが、それぞれの個性を持っているわけだから、「素」であれば全員が個性的になるだろう。しかし、人間は社会の中で生きる動物であり、この社会では、他者と協調しなければならない。そこで、紳士・淑女のあり方のようなマナーが作られ、それが「大人」ということになった。平均的なものではなく、満たしてほしい最低条件みたいなものを設定したということだ。

社会に出て、自分の役割を務めるのと同じように、自分の社会的個性みたいなものを形成する。にこやかに接し、挨拶をし、相手を困らせたりしない、できるかぎり我慢し、譲歩する、というような暗黙の規定に縛られる。

この「大人」からやや逸脱する人がいるが、そういう人でも、それなりに役には立つわけで、周囲はこれを許容する。こんな場合に、その逸脱を「個性」と呼ぶのである。つまり、「個性派」は無意識か意識的かはわからないが、そういった「大人」から零れた人を示している。したがって、必然的に「子供っぽい」し、「変わっている」ように見える。多くの場合相手に合わせない奔放さがある。また、しばしば「不器用」なんて形容される。「大人」たちが器用に立ち回っていることとの対比だろう。

大昔に比べれば、個性派は増えている。これは社会が豊かになり、画一的なものを嫌う大衆が、逸脱したささやかな自由を求めている証拠である。ただ、ここ最近でいえば、ほぼ飽和状態というか、増えているようには見えない。以前は、ちょっと「眉を顰めたくなるような個性」が、今では「差別してはいけない個性」になっただけだ。

本当はもう少し個性には幅があると思う。方向性として、受け入れられているものがピンポイントで狭いのは、一つの個性が認められると、そこに集まってくるためだろう。「個性派」が画一的に見えるのはこの理由だ。「個性派」という言葉が使われるうちは、社会はまだ不自由だということ。将来も、この不自由は消えないと思う。

5th period

76 /100

女性を同じ顔で描く日本画の伝統が、アニメに受け継がれている。

たぶん、こんなことはもう多くの人が指摘しているだろう。たまたま読書量の少ない僕は、まだ読んだことがないので、書くことにした。既知のことだったらすみません。

浮世絵とか古い絵巻物などに登場する女性（あるいは美人）は、見分けがつかないほど似ている。紫式部がどんな顔をしていたのか、まったく参考にならない。これは、たとえば、戦国武将などの肖像画と比べると、その差が顕著だ。足利尊氏とか、教科書にあったが、厳つい顔をしている（あれは本人でない、という指摘もある）。

日本人は、美しい女性をしっかり見なかったのだ。たいてい、暗いところにいたり、衝立のむこうにいたり、扇で顔を隠していたりする。髪が長い、色が白い、というくらいしか認識していない。つまり、美人はただ美しいのであって、個々のキャラクタを見なかった。キャラクタはいらない、と感じたのかもしれない。

この傾向は、海外ではあまり見られない。「モナリザ」とかの古い肖像画がそれを示している。もっとも、ギリシャの神々の像を見るかぎりでは、男性に比べると女性はバラエティが少ない気がしないでもない。

さて、だいぶまえの話になるが、少年漫画に登場する可愛い女の子は、作品につき一人と決まっていた。女の子が三人出てくると髪型で見分ける以外にない。その後、ハンサムな男性もこのパターンになり、『聖闘士星矢（セイントセイヤ）』とか『キャプテン翼』とか『タッチ』とか、誰が誰なのかわからなくなる。もっとも、少女漫画においては、ずっと以前から、みんな同じ顔だった。顔だけではない、主人公などは性格も全部同じだ。

表現力不足だったのかもしれないが、読者は、それでも支持したのである。日本の漫画文化はこれを基本的な伝統にした。そして、現代ではアニメにもこれが踏襲されている。美少女や美少年は、最適化されて没個性になる。どう見分けをつけるかが腕の見せどころになっている。

もっといえば、アイドルとかスターにもその傾向がないわけではない。ただ、さすがに生身の人間は顔が違う。メガネをかけただけで人が変わったりしない。こういった傾向は、海外のコミックスにはあまり見られない。日本の特徴的な文化だろう。

ようするに、この没個性が「可愛い」の「抽象化」なのだ。小説をビジュアル化すると、読者は「イメージが違う！」と受け入れようとしない場合が多いが、おそらく、そもそもイメージが抽象的だから、「具体化」に拒否反応を示すのではないだろうか。

5th period

77/100

自己満足と他者満足、結婚相手はどちらで決めるの？

これは、どちらでもよろしい、と思います。というのも、他者満足を重要視する人は、それが自己満足だと思い込んでいるので、結局は同じになる、ということ。

「そんなの、単なる自己満足じゃないか」という批判は誰でも耳にしたことがあると思う。これは、「共通の価値」を持たなければならない事案について議論をしているときだから、個人利益を優先すべきではない、という意味だ。

たとえば、仕事であれば、このとおりである。仕事は、他者に価値を与えるためにやっていることであるから、自己満足を優先すると失敗する可能性が高い。

さて、結婚相手を決めるときには、結婚が個人利益なのかどうかが、争点になるだろう。家のため、村のための結婚ならば、「単なる自己満足」は排除される。けれども、そうでないなら、自分が好きだと決めたならそれで良い。これは、自己満足だが、「単なる」などと言われる筋合いのものではない。

ところが、実際にはもう少し複雑である。自己満足だと自分では思っていても、たとえば、なんとなく、綺麗な奥さんをみんなに見せて自慢ができるとか、友達の旦那よりもイケメンだから勝った気がするとか、そんな場合もある。これは客観的には自己満足だけれど、本人の主観的には、明らかに他者満足なのである。

べつに、どうでも良いことだが、こういう他者満足で意思決定をしている人ほど、簡単に離婚するだろう。何故なら、自分の満足をよく確認していない、いうなれば、「みんなきっとこう思ってくれるよね」と勝手に想像して決めているだけの幻想判断だということ。こういった幻想が短い時間で霧散しやすいのは、想像に難くない。

結婚の話をすると、切実すぎて感情的になる読者がいるかもしれないので、そういう人は、「就職」とか「お金の使い方」とか「ファッション」とか、あるいは「人生」とか「将来の夢」など、個人的な決断が要求されるものにワード置換して、読み直してもらえると幸いである。

他者満足がすなわち自己満足だ、という天使のような優しい人もいないわけではない。みんなの笑顔が見たい、ただそれだけが私の望みだ、と口にする人は大勢いるけれど、その百人に一人くらいは本心でそう信じている人がいるかもしれない（確認できていないので科学的に存在を証明できないが）。母が子供を思う気持ちは、一時的にそのレベルに達する。ただこの場合は、「子供も含めての自己」になっている、と思う。

5th period

78 /100

若いセレブはぎりぎり使いたがる気がするけれど……。

この場合、セレブというのは「大金を手にした人」という意味で、他意はない。若くして大金を持つと、ついついそれをすべて使ってしまい、大きな買いものをする傾向にあるように観察される。でも、そういう若い金持ちが話題になりやすいから、そこだけが見えている、あるいは見せられている、とも考えられる。どうなんでしょうか?

若者は、まだ将来があるのだから、少し自重して貯金しておいたら、と思う一方で、まだこれからもっと稼げる、と考えているのも理解できる。年寄りだったら、老い先短いからぱっと使ってもなんの話題にもならないのかもしれない。

あぶく銭は身につかない、という言葉があるくらいだから、この「太く短く」という生き方はそれほど珍しいものではない、ということだ。もともと、そういう派手な消費を夢見て金持ちになったのだろうから、自然といえば自然。多くの場合、地価の高い場所の高級マンションに住んで、フェラーリを何台も持っていて、毎晩パーティだ、みたいな話になる。最近、ちょっと下火になったようにも見えるけれど。

年寄りの金持ちは時間の経過に伴って名声も博することになるし、自分もそれなりに貫禄がついてくる。しかし、短期間で金持ちになると、周囲からはそうは見られないから、なんとか自分の凄さを示したい、という欲求が生じる、とも理解できる。

もう一つ思うのは、下から見ている人は、それが資産の一部なのか、あるいは見栄を張ったぎりぎりなのかわからない。ほとんどの場合、後者を想像する。つまり、庶民というのは、自分の望む方向で認識したがるものだ。

僕は大学で助教授だったとき、年収は八百万円くらいだった。それが小説家でデビューして一年めで一千万円以上の印税が振り込まれた。そういう状況のとき、周囲からは、「先生、売れているんでしょう？　何百万って儲かったんじゃないですか」と言われたりしたものだ。二年めには千五百万円くらいするポルシェの新車を現金で購入した。僕としては、子供のときから欲しかった憧れの車種だったためだが、稼いだ金の一部を使っただけで、ぎりぎりでもない。でも、きっと「あんな無駄遣いをして」と思われただろう。見栄を張るために買ったと誤解されたにちがいない。僕の奥様もそう思ったようだ。肯定的に評価したのは、「無駄遣いするな」と厳しかった母だけだった。息子の嫁には、「男の子はこういうものですよ」と語ったらしい。のちになって奥様は「あれがぎりぎりだという良い目眩ましになったよね」とおっしゃった。

5th period

79

/100

貧乏人は金と言い、金持ちはお金と言う。つまりは、この差なのか。

周囲の人々を観察していて気づいたことだ。これは、貧乏人が口が悪くて、金持ちは丁寧な言葉遣いをする、というだけの話かもしれない。もちろん、貧乏が悪いなんて全然思っていない。体重が軽いか重いかとか、髪の毛が少ないか多いかとか、そういったものと大差はないわけで、人間の価値がそれで決まるわけではない。

ようは、本人がどうなりたいのかというビジョンと現実の差異であって、そこだけが不満や満足といった指標になる。

ここで言いたいことは、対象を丁寧に扱うかどうかで、その対象への距離が決まるように観察できる点だ。「丁寧に扱う」というのは良い言い方だが、少し悪く表現すれば「執着する」となるだろう。金銭に対して、丁寧に扱えば、それに対して敏感になって、自分の行動が制限される。こうした結果として金銭に近づける。だから、金持ちになる、ということである。逆に、「金なんて汚い」「俺は金では動かない」というように、金銭を毛嫌いして離れると、貧乏になる。これは、わりと現象をよく表している道理だと思う。

僕が子供の頃は、「お米を粗末にしてはいけない」と教えられた。だから、「米」とは言わず、必ず「お米」と呼んだ。「飯」とは言わず、「ご飯」と言ったのだ。日本人は、こういった物に対する気持ちを大事にして、呼び方に気を遣っているわけで、一つ一つに「ご」や「お」をつけて敬い、そういった小さな積み重ねが、その人の人生に関るようになる、と知っていたのだろう。

言葉の丁寧さというのは、子供の頃から身につき、大人になるとこれを意識的に変えるのに時間がかかる。身に染みてしまうからだ。その「身に染みている」ことが大事な部分であり、言葉がその人に影響を与えていることは自明である。

敬語を自然に使い、丁寧な言葉遣いをする人は、周囲の人を丁寧に扱うし、それが「人のためならず」自分に返ってくることも知っている。この思想は、儒教だろうか（知らずに書いた）。

丁寧語と分類されない言葉でも、そういったものはある。「人」は「者」よりも敬意が込められているし、「男性」は「男」よりも良い印象を伴う。実際に、新聞やＴＶでも、そのように使い分けられている。

繰り返し述べているが、幼い子供に、敬語を含め、丁寧な言葉遣いを教えることは、親ができる最も大切な教育の一つである。言葉を正せば、それに身が染まってくる。

5th period

80 /100

謝罪をしなければならないのは、どういうときだろうか。

「ご迷惑をおかけしました」と頭を下げることが必要なのは、どんな場合だろうか。「そりゃあ、失敗したり、悪いことをした場合にきまってるだろ」と言われそうだ。しかし、そうでもない。たとえば、殺人犯に対しては、裁判や懲役はあっても、マスコミが「謝罪しろ」と押し掛けることはない。刑務所から出てきたら、もう罪を償ったとみなされる。迷惑をかけた、世間を騒がせた、と頭を下げても良さそうなところだが、そういった場面は日本では見られない。

謝罪する人が、当人ではなく、責任者みたいな上の方の人であることも多い。社員の不始末を社長が謝罪する。昔の政府のことを、今の政府が謝罪したりする。これらのズレも気になるところだ。

たとえば、野党は政府が通そうとする法案に反対していたけれど、そんなに悪い法案を通してしまったことを、何故国民に謝罪しないのだろう。怒っている場合ではないと思うのだが、いかがか。

苛めが原因で子供が自殺をすると、校長とか、教育委員長が謝罪をする。この場合、苛めをした子供、その親、担任の先生、自殺をした子供の親も、もしかして謝罪をすべきではないだろうか。少なくとも校長や教育委員長よりは責任があるように思うが。

本当は、僕は謝罪なんていらないと考えている。当事者に直接頭を下げにいくのは必要だが、世間に向けて、マスコミに向けて頭を下げる理由があるようには思えない。そのマスコミの報道を見ている人も、頭を下げられるような憶えはないはずだ。そういう場面を見て気が治まると感じるなら、そんな間違った気は治めない方が良い。

「なんでも、頭を下げておけば良い」という卑屈な文化が日本にはある。「頭さえ下げれば、波風が立たない」と言う。たいていの頭はそういう文化で下げられているだけで、本心から謝っているわけではない。だったら、そんな茶番を見てもしかたがない。

安易に頭を下げるから、そのあと「反省が見られない」と叱られたりもする。偉い人が頭を下げる現場にいるマスコミは、なんだか自分が偉くなったように錯覚して、物言いまで横柄になっている。何を威張っているのか、と不快な気分を視聴者に与えていることに気づいているだろうか。視聴者だって、自分が偉くなったように感じるから、謝罪が見たいのである。非常に下品で、浅ましい文化に見えてしまう。

相手が謝罪をしたら、「そんな必要はないよ」と笑顔で応えるのが紳士である。

5th period

81 /100

三角関数の教育が必要か。たしかに、さほど役には立たない。

三角関数なんか社会では役に立たないから学校で教える必要はない、と発言した政治家がいたらしい。風の噂に聞いた。さすがに多少は炎上したようだが、この意見の理屈は通っている。つまり、「社会で役に立つものを教えるのが教育だ」と「三角関数は社会で役に立たない」のいずれも真であるなら、この意見は正しいことになる。

多くの人は、三角関数が社会で役に立つことを主張して反論するだろう。僕自身、理系の研究者だし、建築学科で力学を教えていたが、しかし、三角関数がなければ問題が解決しないという場面はほぼなかったと思う。ただ、知っていれば知的好奇心の視野が広がるというだけだろう。日本の棟梁(とうりょう)は、斜めの屋根をかけるためにピタゴラスの定理を使うけれど、三角関数は知らないでも済む。

したがって、もう一方を攻める方が良いだろう。つまり、「社会で役に立たないことは教えるな」という主張が正しいかどうかである。これは、「教育」というよりも「教養」というものが何かを知らない人には、たぶん理解できない。

「役に立つかどうか」で価値を決めてしまう人にも、この議論は空回りすることになる。そもそも、「役に立つ」というのは何なのかも定かではない。たとえば、人が生きていくには健康が必要だ。健康に無関係なものは、生きるために必要ではない。そういった観点で合理的に見れば、世の中の大半は無駄なものにならないだろうか。

学問も娯楽も無駄である。数学、物理はもちろん、文学、音楽、芸術なんか社会の役に立っているだろうか？　たぶん、この発言をした人には、役に立っているように見えないのだろう。それに、その人自身、本当に社会のためになっているだろうか。その人がいなくても代わりになる人はいるのではないか。だったら、その人はいらないということにならないか。これは、もちろん極論である。ただ、その発言をした政治家よりも、三角関数の方がずっと人類の役に立っていることは自明である。

僕は小学校四年生のときに、「勾配」について自分なりに考えて、角度が決まれば、距離と高さの比が一定だと気づき、その比を大きな図を沢山描いて測り、結果を表にして学校の先生に見せた。この表を使えば、もう同じ手間をかけずに、値を知ることができるから社会の役に立つ、と思ったのだ。すると、先生は三角関数というものを僕に教えてくれた。「中学の教科書に載っているんだよ」と。僕は少し悔しかったけれど、「人間の知性」というものに大いに感動した。つまり、教育の目的はこの感動にあるのだ。

5th period

82 /100

引退なんて言わずに、卒業と言えば良かったのか。

このところ、ようやくだが、森博嗣が引退したことが世間に知られるようになった。やはり、言い続けることは大事なようだ。

ところで、芸能界のニュースを（タイトルだけだが）見ていると、「卒業」という表現が増えてきて、これは、ポジションから身を引くことを意味するようである。つまり、グループから脱退する、あるいは脱会する、と同じだ。しかし、けっして脱退・脱会とは言わない。あくまでも「卒業」らしい。ほかにも、番組のレギュラを交替する場合にも、卒業というように使われている。

もともと「卒業」というのは、（学校関係の本当の卒業を除けば）大人になって、子供じみたちょっと悪っぽいこと、あるいは金のかかる遊び、少し浮ついた行いから足を洗う、という意味だった。今、芸能界で使われている「卒業」にも、そういう意味があるのかないのかは、僕は知らないけれど、少なくとも、「若いうちは許してもらえたことを、そろそろ見逃してもらえなくなった」といった意味合いが漂っていることは確かである。たとえば、五十代とか六十代のグループから、一人が抜けてソロになっても、卒業とはいわないだろう。

逆に、二十代後半とか三十代でも卒業を使うほど、幼児化していると捉えることもできる。これは寿命が延びているのだから、自然な成り行きとも思う。事実、最近の日本のドラマでは、三十代や四十代でも充分にヒロインでありヒーロとなれる。

僕はかつて、日本のヒーロは例外なく十代や二十代なのに、どうしてアメリカのヒーロは三十代以上なのか、と書いたことがある。二十年近くまえのことだ。しかし、予想どおり、日本もアメリカナイズされてきたというわけである。

卒業と引退が違う点は、卒業なら、いつでもまた入学できる、ということらしい。現に、卒業したメンバは何度も戻ってくる。引退だったらこうはいかないだろう。

それから、グループから一人ずつ卒業するみたいだが、全員が一度に卒業する、という例はないのだろうか。同時に入学したのに、一人ずつ卒業させているように見える。つまり、学校でいえば飛び級制度みたいなもので、優れた学生を早期に上級へ送り出す感じなのだろう。だから、本当は人気のある順に卒業してほしい。ただ辞める、という場合に使うのは、首を傾げたくなる。

一番使うと良いのは、定年退職ではないだろうか。あれは卒業に相応しい。

5th period
83
/100

「現役引退」という言葉。

「引退」というのは、「現役」から退くことではないだろうか。どうしてわざわざ「現役」とつけるのだろう。つまり、そうではない「引退」があるということか、森博嗣みたいな。

そもそも、僕自身「引退します」と言ったつもりはなかった。「もうこれ以上書くつもりはない」と発言したのだが、みんなが「引退」と言い出したので、「あ、これが引退なのか」と思って、「じゃあ引退」と書くことにしたのである。

実際、かつては研究も小説も、周りからせっつかれ、〆切に追われ、仕事は断れず、大変に忙しかった。今は、スケジュールも〆切も、僕が決めている。研究は、ジャイロモノレール関係が主となっているけれど、世界で真面目に研究しているのは僕一人だろう。誰かが僕よりも詳しくなったら、その人に任せて引退しても良いと考えている。

小説の方は、一日に一時間以内と決めていて、のんびり進めている。仕事量は今も少しずつ減らしている。ただ、それでも一年に十冊以上新刊が出るし、既刊は売れるし、電子書籍がそれにもまして売れるので、収入はぐんぐん増加している。この部分で「現役」と後ろ指をさされても文句は言えない。でも、方向としては「後ろ向き」だ。

庭で土木工事をしている時間が一番長い。あと、犬たちと遊んで、庭師としての作業があって、夜は工作室で旋盤を回したりしている。ガレージでも暗躍している。読書もけっこうできるけれど、小説ではない。専門書か、まったく関係ない分野の本ばかりである。ネットで日本のニュースをよく見るようになったので、以前よりも時事ネタにも対応できる作家になっているだろう。いずれも、八年まえに「引退」したからできるようになったことだ。

暇なのに、スケジュールはびっしりと詰まっている。草刈りとか落葉掃除とか、自然の「期限」というものがあり、「〆切」に追われているといえるかもしれない。確かなことは、そちらが現在の本業であって、現役だということ。こうしてみると、「引退」とは、別の業務に移るだけのことか。他者との関係がないので、なんとなく自由に見えるかもしれないが、自分と契約していると考えれば、状況はほとんど同じである。

一番の変化は、いらいらすることがなくなった点だ。これは顕著である。やはり、心が狭いということだろう。今のところ、あまり心を広げるつもりはない。できるだけ、このまま他者に関らず、狭い自分の心とつき合っていく所存である。

After school

放課後

森教授からの大切な〝余談〟

after school

84

/100

嘘をつかないロボットを作ることは簡単である。

子供のときに読んだ本に、ロボットは嘘をつかない、人間に危害を加えない、とあったので、「そうなんだ」と妙に納得してしまった。このルーツは、SF作家のアジモフが物語の中で設定したものらしい。いわく、人間への安全性、命令への服従、自己防衛の三原則らしい。嘘をつかないというのは、おそらく人間への安全性、あるいは服従から来るものだろう。

人間が作ったものなのだから、そういった設定にするのが妥当だ、とは思うのだが、しかし、ずっと以前から、人間は鉄砲も爆弾もミサイルも作っているわけで、ロボットがそんなふうになるとは、とうてい信じられない。

たとえば、コンピュータなどは、正直だし、人間の役に立つように設計されているけれど、プログラム次第では、詐欺の手助けをして、ユーザの不利益を招く。嘘はつかないが、突然ハングアップしてデータが消えてしまうことだってある。嘘でもいいから一部でもデータを戻してもらいたいものだ、と恨みたくなるだろう。

だいたい、「嘘」とは何かを定義するのが難しい。同様に、「人間の安全性」だって簡単には定義できない。定義できないと判別ができない。判別できなければ、ロボットはどうすることもできない。

一つだけ手がある。最初から動かない、なにもしないロボットを作れば、嘘もつかないし、人間に危害も加えない。ただ、役に立たないだけである。ぬいぐるみと同じだ。

ロボットは、今のところは「道具」である。道具は、使い道によってどうにでも使える。悪事を働かない道具なんて作れない。それには、悪い人間をなくす以外にない。

「情報戦」という言葉が示すように、争いの多くの部分がＩＴ化しているし、実際に物を破壊したり、人を殺したりするまえに、お互いの戦力を探り、シミュレーションをし、そのうえで戦略を立てる。戦いが始まるよりも早い段階で、情報戦が繰り広げられる。そうなると、「嘘をつく」ことで相手を不利にさせることが可能であり、「嘘」がそもそも武器になる。迷彩塗装で敵を欺いたり、ステルスでレーダを避けるのが、「嘘」の始まりだったかもしれないが、人間ほど「嘘」を活用している生き物はいないのであるから、当然そうなるだろう。

ただ、難しいのは「役に立つ嘘」である。ちゃらんぽらんな嘘なら誰にもつけるが、ロボットに有益な嘘をつかせるには、まだ相当な時間がかかるだろう。

after school

85
/100

「空気を読む」の「空気」とは、「吐息」のことだったのか。

「空気を読む」に関しては、もう何度も書いている。それくらい、この言葉が気になるからだろう。最近になって日本に広がった表現だけれど、日本人の文化をよく表していて、使い勝手も良い。秀逸な表現だからこそ、ここまでメジャになったといえる。

ただ、表現としての素晴らしさと、その行為の素晴らしさはまったく別問題である。そこが僕が引っ掛かっていた部分だ。「空気を読む」の「空気」が、「その場の雰囲気」や「周囲の状況」であるなら、この言葉には、それほど「姑息感」は生まれないはずだ。環境に対応することは大事なことだし、協調性はグループには不可欠な要因だ。けっして「姑息」ではない。

どうして、姑息感を醸し出すのか、という点で、僕はずっと引っ掛かっていた。何故、この表現がもっと良い方向で使えないのか、と悩んでもいた。

どうも「空気」が違うのである。そこに気づいた。

つまり、その場にある空気ではない。もっと局所的なのだ。その場にいる人たちがたった今、鼻や口から吐き出した空気、ようするに「吐息」なのである。

現在、日本で使われている「空気を読む」は、その意味で使われていることが多い。もちろん、閉め切った会議室に充満する空気かもしれない。喫煙室に溜まった煙のようなものだ。換気扇が回っていない。本来あるはずの空気ではないのである。その証拠に、人がいなくなれば、次第に普通の空気、もっと広い範囲の空気に戻る。つまり、会議室ではなく、そのビルの空気、その街の空気、その地域の空気に近づいていく。それでも、その国の空気、地球の平均的な空気ではないし、また、一カ月まえの空気でもない。空気は常に変化している。そんな広い視野の空気を読むことは本当に大事だ。

まだ体温が残っているような吐息だったのだ。なるほど、それならばこの表現が伝えたい気持ちが実にしっくりとくる。吐息には、臭いもあるし、そもそも酸素量も少ない。空気を読もうと思って、人の吐息ばかり吸っていたら、窒息してしまうだろう。空気を読まなければならない立場の悲哀が伝わってくるではないか。

吐息は人間が吐くものだが、エンジンも排気する。火力発電なども二酸化炭素を大量に排出する。北京の人たちは、そんな空気を読んでいるだろうか。そういった広い範囲の空気こそ、気をつけて読まないといけないものだ。換気扇を回したくらいで綺麗になる空気は、まだ救いようがある、ということか。

after school

86 /100

世界遺産とか、お墨付きを外国からもらおうとする文化が情けない。

べつに反対しているわけではない。そもそも、外国人観光客を呼ぼうとしているのだから、ビジネス的には正しい戦略だろうとは理解する。けれども、国内向け、つまり日本人向けであるならば、そんな外国の審査に通ったとかどうとかが、はたして必要なのか。逆に言えば、日本人だったら、そもそもそれを理解していなくてはならないのではないのか、と心配になる。

日本の近代は、西欧に学び、追いつきたいという方向性の発展だった。だから、現在の日本人には、外国に認められてこそ本物だ、という感覚があるのだろう。それは、しかたがないかもしれない。しかし、もっと自分たちの判断基準で評価ができるはずだし、そもそも自分たちの文化なのだ。もっといえば、文化というものは、他所（よそ）に認められて価値を持つものではない。その文化の中に生きている人間が価値を認め、代々大事に引き継いでいく魅力を持っているはずなのである。

もう少し穿った別の見方をすると、欧米は、こういったお墨付きを「後進国」に与えることで、欧米が世界の支配的立場にあることを保持している。非常に上手いやり方だ。「先進国」というのは、今まで先に進んでいた国のことで、現在はやや落ち目になっていたり、これからはじり貧になると予想されるところが多い。それでも、先に到達した既得権として、このような数々のブランドを作り、それで権威を保ち、商売をする。

世界遺産、ノーベル賞、アカデミー賞、などに始まり、スポーツのルールやミシュランのレストランガイドまで、「お墨付き」を売り込む商法に、アジアの国々は乗せられて、一喜一憂している。オリンピックだってワールドカップだってワインだって、すべてブランド商法なのである。日本や中国や韓国は、金はあるけれど名誉が作れない。だから、こういった勲章を高く買わされている。そういう図式である。いつまでも喜んでいるようでは、結局はオリジナルの文化は、外向けに飾られ、内側は綻(ほころ)びるだろう。

もっと酷いのは、世界遺産に登録するときに、日本、韓国、中国でいがみ合い、相手を蹴落とすようなことが行われている点である。それだけで、僕はアジア人として恥ずかしい。そうではなく、お互いにアジアの文化を認め合い、評価をするのが本当ではないのか、と思う。きっと、欧米の人たちは、まだ自分たちが先生で、幼い生徒たちが「僕が良い子です」「あの子は悪い子です」と言い合っている風景を思い浮かべているだろう。こんな状況のうちは、アジアはまだまだ幼いということだ。

after school

87

/100

連続ドラマというのは、何が連続なのかな？

二〇一四年は、『すべてがFになる』が連続ドラマになって、二〇一五年は、また同作が連続アニメ（この表現には自信がない）になった。まあ、そこそこ本が売れて、担当編集者は喜んでいたようなので、僕としては（借りが返せたという意味で）嬉しかった。もちろん、ドラマもアニメも面白かった。まったく不満はない。

さて、ちょっと気になったのは、この連続ドラマの「連続」という言葉である（「え、そこ？」とか言わないように）。一週間に一度、決まった時間に放映される。これは、月刊誌や週刊誌に毎号作品が続けて掲載されるの（いわゆる連載）と同じ感覚で使っているのだと思う。僕は、これが大変に引っ掛かった。

どうしてかというと、現象的には、途中で切れている。「来週につづく」となるのである。つまり、途切れているわけで、これを「連続」と表現することにまず違和感がある。数学的に用いられる「連続」と反対だ。それ以前に、一時間の番組の中でもコマーシャルが入るから、大いに「不連続」ではないか。

まだ、雑誌などでは、毎号休みなく掲載されるから、それを「連続掲載」と表現するのはわからないでもない。しかし、TVは週刊ではない。毎日朝から夜まで放送しているのだ。こういった状態で、「連続」といえば、一日のどこかで一挙に放映することを示すと感じるのだが、いかがだろうか？　そういうときは、何て言うのかな？　一挙放映？　うーん、そのままですな。

連続で放映できるのに、それをしていない。これを連続ドラマと呼んで良いのだろうか。え？　そんなどうでも良いこと、誰も考えない？

どうでも良くないから書いているのである。つまり、TV局は、過去の習慣に拘っているのか、囚われているのか、古い枠から出られないように見える。

たとえば、せめて毎日同じ時刻に続けて放映した方が、絶対に見る方は嬉しいだろう。録画するのだって便利だ。すべての番組を、曜日ごとに編成するなんて、どうかしている。それに適したものもあれば、適していないものもあるはずだ。

僕の奥様はドラマ通なので、だいたい彼女から聞いた話を基にしている。本を読む人は、火曜日はこれ、水曜日はこれ、と分けて何冊も同時に併行して読むだろうか。面白いものは一気に見たい、というのが普通だし、現にそうしている。僕自身は、そもそも見ないので、どちらでもかまわない。でも、見るなら一気に見たいな、やはり。

after school

88

/100

「流行語大賞」っていうのは、流行しているの？

これはそもそも矛盾を孕（はら）んだ賞といえる。たいていの場合、「賞」というのは、人々が知らないところへスポットを当て、それを有名にすることが役目である。したがって、マイナなものを広めたり、記憶に留めるという意味で存在しているといっても良いだろう。ある分野で一番であっても、その分野がマイナだから、そうやって分野の存在をアピールする意義もある。

たとえば、一番売れたものとか、数字がしっかりとわかるものは賞にならない。賞というのは、人が選んでスポットを当てる。むしろ、受賞したことで有名になってほしい、そのあと売れてほしい、という経済効果が見込まれている。そういう意味で、基本的な意外性があった方が良い。

ところが、流行語というのは、誰もが知っていなければならない言葉だ。わざわざその一番を選んでも、特に意味がない。たとえば、日本有名人大賞みたいなものを想像すれば良い。それで、総理大臣とかが選ばれても、なにも面白くない。ああ、そうですか、で済んでしまう。また逆に、「え、そんな流行語があったの」と人々を驚かせるなら、それはもはや大賞に相応しい流行語とはいえないだろう。この矛盾である。

とはいえ、現代の日本は、文化が多様化し、何がメジャなのか不鮮明になりつつある。みんながTVを見ていた時代は終わり、アイドルも昔のように広く名前を知られていない。すべてがマイナなのだ。だから、そんな中から流行語を引っ張り出してくることも、それなりに意味があるのかもしれない。存在価値が認められないでもない。

いずれにしても、賞は与える側があって、多くの場合、なんらかの商売の一環である。純粋に優れたものを讃えよう、といった意図ではもはやなくなっている。最初はそうだったかもしれないけれど、だんだん商売がらみの比重が増すのである。

商売がかってくれば、効果が出るものが選ばれやすくなるし、また、効果が出ると思っているところからは、いろいろなアプローチで操作が加わるだろう。「どうしてこんなものが選ばれたの？」と思ったら、たいてい裏がある。あまりにもわかりやすい裏事情なので、「裏」というのも烏滸(おこ)がましい場合も少なくないが。

「流行語」というネーミングも古くなったし、「流行語大賞」もインパクトがなくなった。大賞に選ばれたものはたちまち忘却の彼方へ消えてしまう。大衆の多くは、「べつに何が選ばれたって関係ないし」と思っていることはまちがいない。

after school
89 /100
共産主義がどこも独裁政治になってしまったのはどうしてだろう？

僕が子供の頃には、社会主義・共産主義と、資本主義・民主主義が対立していた。日本は、戦争に負けて後者の陣営に入ったわけだけれど、左翼系の人たちが大勢いて、前者を目指す運動を展開していた。そういう人たちは、ソ連や中国や北朝鮮は理想の国家であり、富が一部に集中する資本主義に反発し、国民に富が分配される社会を夢見ていたのである。

ところが、僕が生きているうちに社会主義は崩壊してしまった。そして、ロシア、中国、北朝鮮は、いずれも事実上の一党独裁国家になり、言論の自由が弾圧され、軍事力で他の国を脅かす存在になっている。どうしてこうなってしまったのだろうか。

歴史を見てみると、それ以前には、王政が主流だった。一部の支配層に富が集中していた。この格差社会を破壊するものとして、資本主義と共産主義が台頭した。このとき、旧システムを破壊するような権力が必要になる。これを市民の合議で行ったわけだが、新しい権力がそのまま独裁になってしまったのが、後者ということになる。

もっと新しいところでは、お互いが、自身の欠点を補うような変革を行った。資本主義では福祉政策を取り入れ、共産主義も市場経済を導入している。こうなると、両者の差は小さくなる。今のところ最大の差は、権力者が国民を支配する、その強さのように見える。また、それが強いと歪(ひず)みが生まれるので、どんどん締め付ける方向へ行かざるをえない。現在の中国や北朝鮮は、このジレンマにあるといえるだろう。ロシアは一度崩壊したから、今は中国や北朝鮮よりは、多少は安全かもしれないが、それでも、まだ昔の名残がある。

どう見ても無理がある体制なので、どうやって崩れるのか、と大変興味深い。数十年まえにこの状態だったら、おそらく軍事介入されているだろうけれど、今は平和主義が世界のマナーになったので、ゆっくりと時間をかけて変革が進むのだろうと想像するが、国内から突発的なものが出てくる可能性もある。

僕は若いときは共産党を支持していた。でも、今の共産党は、「戦争法反対」みたいにプロパガンダに力を入れるばかりで、どうしたいのかわからなくなった。そもそも、自分たちで勝手に「戦争法」と名づけているのが、議論を拒否する姿勢に見えて、引いてしまう。戦争反対なのは誰もが思っていることだ。どうやって戦争を回避するのかを知恵を出し合って議論してほしい。「反対！」だけでは解決しない問題だと思う。

after school

90

/100

「地方創生」というのが、今一つよくわからない。

知らないうちにそういう政策が打ち出され、実施されているようである。ようするに田舎をもっと活気づけよう、ということらしい。具体的には、過疎が進まないようにとか、金が田舎に回るようにしている。これは、ずっと昔（四十年近くまえ）からあったことで、地方交付金みたいな感じで援助をしている。一億円だったかを地方にばらまいたこともあって、田んぼの中に遊園地が作られたり、金のこけしが作られたりした。多くの人が、「金を溝に捨てるような」イメージを抱いたのではないか。

地方が衰退するのは、都会に人や資産が集中するからだ。これは、誰もが自分の望みどおり自由にできる世の中になったためで、政策として都会に人を強制的に集めたわけではない。いうなれば、都会という商品が大売れしただけの話である。田舎は、魅力がなく、この商戦に負けてしまった。

こうしたときに、金で援助をするという政策は、たしかに必要かもしれない。福祉の精神に合致する。普通の会社なら事業に失敗したら国の援助もなく潰れてしまうのに、地方は潰すわけにいかない、という配慮なのだろう。

それでも、人口はこれから減っていくのだから、すべての地方が衰退しないように、というのはかなり無理な話である。特に、都会の人口を減らさずにそれをするのは無謀な計画といっても良い。

何故潰してはいけないのか、という点が僕にはわからない。潰れたら、そこで暮らす人が困る。であれば、その人たちに資金援助をすれば良い。ほかの地へ移ってもらうのが最も簡単な解決であるが、もちろん、どんなに過疎になってもそこにいたいならば、援助してもらった金で、その不都合を補えば良いだろう。僕が思うのは、地方自治体に金を回すのはいかがか、という点である。その自治体をなくしてしまう方が、ずっと合理的だし、おそらく費用面でも個人援助の方が少なくて済むだろう。

このさき、この問題は今よりもずっと切実になるはずだ。地方はある程度それを覚悟して、自ら合理化を進めなければならない。公共団体というのは、自分たちの組織を縮小することをなかなか考えない。僕は国立大学にいたのでそれを痛感している。縮小するような概算要求をすべきだ、と僕は考えていたが、鼻で笑うだけで誰もが「そんなことできないよ」と呆れたものだ。今でもそう考えているとしたら、かなり手遅れである。シェイプアップといった響きの良い言葉でも考えて、邁進してもらいたい。

after school

91

/100

今も日本社会に残る「お札（ふだ）」の文化。

日本の道路を走っていると、大きな文字で書かれた標語に沢山出会う。世界中を走ったことはないが、日本以外ではあまり見かけない。駅などにも、ポスタがある。建設現場にも「安全第一」みたいな大きな文字が掲げられている。そういえば、小学校のときに、そんなポスタを何回か描かされた。交通標語みたいなものも一般的だ。

以前に外国人から尋ねられたこともある。「空き巣に注意」というポスタは、いったい何のために貼られているのか、という質問だった。おそらく、そんなものが防犯に効果があるとは思えない、というのが日本人以外の素直な感覚なのではないか。

受験のときに「必勝」と書いた鉢巻きをするし、縁起（えんぎ）の良い駅名が入った切符を買い求めたりする。そう、この「縁起」というものが、日本文化に根ざしていて、それは特に「言葉」に敏感に反応するものだ。この場合の言葉は、文字ではなく発音であって、ようするに駄洒落（だじゃれ）に近い。そもそも「駄洒落」というものが、この音の縁起に根ざしているらしい。縁起が悪いものも、音が似ていることで嫌われる。「四」と「死」や「九」と「苦」

がそうだ。

そういった言葉の力を、日本人は昔から信じてきた。それが、このポスタや標語の多さとして、今も残っているのだろう。

その音の信仰を形にしたものが、お札(ふだ)である。それを所持したり、柱に貼ったりする。街中に「防犯」という文字を見つけることは容易い。あれが、防犯の役に立つとは外国人には信じられない。しかし、日本人であれば、いくらか安心する。また、そういった文字があれば、泥棒は警戒するのだろう。つまり、その街の「防犯」に対する意欲のようなものを感じ取る。こんなにポスタを沢山作って貼るくらいだから、防犯対策もしっかりしているだろう、と思うかもしれない。実際は思わないだろうけれど、そう思うと街の人は想像して安心することができる。だいたい、こんな心理といえる。

しだいにこの文化は失われるだろう。科学的な根拠がない。ポスタを作る予算があるなら、防犯カメラを設置してくれ、という意見は退けられないはずだ。

ちなみに、僕はお守りもお札も何十年も持ったことがない。我が家には、そういった類(たぐい)のものはない。もちろん、仏壇も神棚もない。書斎にも「〆切を守ろう!」なんて紙を貼ったことはない。小説のオビに、「ベストセラ祈願」くらい書いても良さそうなものだ、とは思う。なかなかのユーモアだからだが、本気にされると恐いし。

after school

92
/100

栞、栞紐というものの存在が不思議。ページを覚えれば良いだけなのに。

これは若いときに感じたことだ。本には、栞(しおり)が挟まれていたり、スピンと呼ばれる紐(ひも)がついている。読書の途中で本を閉じるとき、どこまで読んだか目印をつけるためのアイテムである。ただし、そのページの何行まで読んだかを記録する機能はない。非常に中途半端だ。本にはページを示す数字が書かれているから、そのただ一つの数字を記憶するだけで用は足りる。僕はそうしていた。だから栞も紐もいらないものだった。

この話を何人かにしたのだが、ほとんど賛同してくれなかった。そこから僕が導いた結論は、人間というのは、ちょっとした道具が用意されると、それを使おうとして、自分の能力を使わないものなのだ、ということである。便利そうなアイテムではあるけれど、ページ数くらい覚えたら良いではないか。

「でも、長い時間が経ったら忘れてしまうでしょう?」と言われることもある。「たった一つの数字を覚えられない人だったら、そこまで読んできた本の内容も忘れてしまうのではないですか?」というのが僕の反論である。僕のやり方を聞いて、実践してみた友人は、

「案外簡単にできた」と驚いていた。一度試してみてはいかがか。

便利なグッズは利用しないと損だ、と主張する人もいたが、自分の頭の方が使わないと損をする可能性が高い。ただ、電話番号のように変わらない数字ならば覚えられても、何度も更新される数字を覚えて、その最新のデータをメモリィから取り出すことは難しい、という指摘もあった。それはそうかもしれない。でも、メモリィの使い方の基本は、一番新しいものを取り出すことだと僕は思う。古いデータを間違って取り出してしまうようでは、それこそ老化現象と言われても反論できないだろう。

つまり、栞を使わず、ページ数を覚えるという本当に小さな訓練で、きっとあなたの頭は少し老化に抵抗できるだろう。サプリメントを飲むよりは効くはずだ。それに、お金もかからない。忘れてしまったときの罰ゲームは、ページを探し出す時間だけで、これは適度な罰則といえる。リスクは小さい。いかがだろうか？

「覚えるのが面倒」というのもよく聞く台詞である。実は、僕は若いときから人の名前が覚えられない。「あの人の名前なんだっけ？」と尋ねたときの奥様の冷たい眼差しが、罰ゲームなのだが、一向に直らないから、これはたぶん病気だと思っている。でも、数字は覚えられるので、こんな勝手なことを書いて、「いかがだろうか？」なんて偉そうにしているのである。

after school
93
/100

「日本の書籍の発行日があやふやだ」問題について。

これは何度か指摘していることだが、それこそ小説関係の文章でしか述べていないので、一般の方に向けて再度お知らせしたいと思い、断腸(だんちょう)の思いで書くことにした。どの本にも発行日が決まっていて、これが予告される。しかし、その日に書店に行っても見当たらないことが多い。逆に、予告された日よりも早く見つけることも多い。さらにいえば、本にも雑誌にも奥付に発行日が記されているけれど、その日に本が発売さることはむしろ珍しい。だいぶずれている。

雑誌などは一月号だったら、まえの年の十二月に出る。たとえば、TVの番組を紹介する雑誌ならば、一月の予定を早めに知らせる必要があるから十二月に出るのも理解できるが、そうではない雑誌もほとんどが、表記とずれて発行されるのである。

「これがこの業界では普通なんですよ」と出版界の人は笑うが、ずれているものはずれているのである。紛(まぎ)らわしいのでやめてもらいたい。もっとも、これが改まる以前に、印刷書籍や印刷雑誌が滅亡する可能性が高いから、さほど気にはしていない。

こんな理不尽な事態になっているのは、書物の流通のシステムに問題があるわけで、このシステムゆえに、数々の弊害があった。弊害がなくならなかったのは、この業界の努力不足だったし、衰退する原因の一つでもあっただろう。

読者は、希望の本を気持ち良く入手できなかったのだ。書店に注文しても、ちっとも入らない。売れている本は、書店では売り切れて見当たらない。むしろ、古書店に行った方が見つかる。こんな状況では、図書館で読めば良いか、となるだろうし、通信販売や電子書籍が台頭するのも自然の成り行きだ。出版部数が年々減少の一途だと報道されているが、そこには電子書籍も古書も借りた本の数も含まれていないのだ。それらを含んだ数字が把握されていないからだろう。電子書籍と古書と図書館の仕事に、出版社が手を出さなかったのが敗因であることは、傍(はた)から見ていて鮮明である。

発行日一つさえ、きちんとできなかった。僕の本も、いつもＨＰで予告するために担当編集者に問い合わせているが、「だいたいこの日くらいです」という回答しか来ないことがある。彼らもいつ本が売り出されるのかわからないのだ。たとえば、全国で一斉発売になるチケットやゲームなどで、こんなことは許されないだろう。

残念ながら、これは解決されない。解決する気がこの業界にはない。「無理なんですよ」と誰もが苦笑している。だから、出版界が復活するのは無理なんでしょうね。

after school

94
/100

雑誌に必要なものはブランドである。可能性があるのは学会誌。

僕は雑誌フリークなので、購入している印刷書籍の大半は（日本以外の）雑誌である。日本の雑誌は読まなくなって久しい（例外は『子供の科学』と『鉄道模型趣味』）。また、印刷書籍を買うこともなくなった。もらったものならば読んでいるが。

雑誌がどんどん潰れている。この件については、そうなるまえから出版社に意見を何度かしたが、そのときはまあまあ好調だったので聞いてもらえなかった。最近は、どうしたら良いですか、ときかれる。「もう遅い」が答だが、少しだけ書こう。

まず、日本の雑誌が衰退した理由は、ジェネラルすぎたからだ。もっとスペシャルでマイナな分野に特化した内容にすべきだった。そして、編集者がその道のスペシャリストにならなければならない。少なくとも十年はかかる。だから、今すぐにそんな雑誌は作れないということ。現在、それを実践している雑誌は生き残るだろう。

日本人の趣味が、そもそもジェネラルだった。「鉄道ファン」とか「航空ファン」みたいに括りが大きく、鉄道ファンは鉄道だったらなんでも好きだろう、というスタンスで作られていた。なるべくジェネラルにした方が読者を増やせると考えたからだが、ここが間違っていた。もっと限定しなければならない。五百人集める、千人に読んでもらう、という内容が長く売れることになる。

日本は豊かになり、趣味もどんどん専門化している。これは、まさに「研究」に近い状況であって、それぞれがその分野で個人研究をしている、研究することを楽しんでいる状況なのだ。したがって、その研究者たちのサークルを立ち上げ、学会となり、発行されるメディアは学会誌になる必要がある。

学会誌が成立するためには、「権威」が不可欠だから、その分野のトップレベルの人間が、雑誌を編集し、そこに掲載される記事を審査することで、内容のレベルを高め、また読者にとっても、掲載されることが目標になるような存在となる必要がある。

学会の雑誌は、購読料に学会員としての会費も含まれる。部数は少ないが、高い価格が設定でき、長く存続できるようにする。入会した読者は、おそらくバックナンバをすべて買いたくなる。研究する楽しさ、より高レベルのものをみんなで築こうという気運が生まれるだろう。コマーシャルを取るにも有利だということも特記すべきである。

雑誌が生き残る形態はこれしかない。そもそも雑誌とは、こういうものだった。ネット上での運営にも適している。ただ、大きな出版社は手が出しにくいだろう。

after school

95

/100

マドンナのコメントが、「だわ」「なの」という口調のはずがない。

歌手のマドンナが話している映像で、翻訳したテロップが流れていたのだが、それでは「坊っちゃん」のマドンナだろう、とつっこみたくなった。いまどき、五十代以下でそんな話し方をする女性は滅多にいないし、ましてあのマドンナが、それはない。

もう少し譲って、パンクの女王パティ・スミスだったら、どうだろう？　おそらく、「だぜ」くらいにして丁度良い。

「だぜ」にしても、普通は言わないだろう。クリント・イーストウッドの西部劇くらい昔の言葉なのだ。最近は、女子中高生が使う方が比率が高いのではないか。「だわ」だって、女装タレントが使う比率が高い。

小説でこれらのしゃべり方が使われるのは、話しているのが誰かをわかりやすくするためらしいが、性別を逆に見せたい人は、同じ目的で使っているのだ。

少しまえには、中国人ぽい話し方とか、インディアンっぽい話し方があった。これは差別になるということでＴＶでは使えなくなっている。「インディアン」という言葉も狩られてしまった。銃で撃ち殺して問題を解決するのもまずい。ＴＶから西部劇が消えて久しい。とても残念なことだ。

サザエさんのお母さんのフネさんは、原作では四十代だが、アニメでは五十代の設定らしい。それでも、しゃべり方は六十代以上に聞こえる。調べたら、声優さんもその年代だった。いまどきの五十代前半は、あんなふうではない。むしろサザエさんがそれくらいに見える。

話を戻すが、「だわ」とか「なの」は、お嬢様だったら不自然ではない。育ちの良さが出ているように見える。こういう人は、驚いたときには、「まあ、どうしましょう」と言ったりする。そもそも発声が違うので、簡単に真似ができるものではない。箸（はし）の持ち方とかちょっとした仕草でもわかる。しかし、最近では、そんな厳しい教育を受けたお嬢様は少なくなってしまい、自由奔放に育ったりしているので、ほぼ絶滅種といっても良いだろう（言いすぎました。深く反省しております）。

小説家としてデビューした当時は、女性の台詞を校閲が女言葉に直してきたが、この頃はそれもなくなった。海外の翻訳ものを読むと、まだ女言葉が残っていて、同様に、洋画の字幕にもその名残がある。そろそろ切り換えないと、現代の若者には「古典」として誤解されるだろう。

after school
96
/100

ささきすばる氏の言語表現に関する一考察。

ささきすばる氏というのは、僕の奥様である。普段でも「すばるさん」と呼ばれているが、もちろんペンネームだ。この人が話すのは大阪弁である。僕は関西弁をよく知っているので、さほど違和感を覚えないのだが、彼女の使う擬態語には、ときどき首を傾げてしまうのである。

一例しか挙げられないが、「ぱつんぱつん」というのがある。これは、名古屋では「ぴちぴち」と言った。着ているものが、少し小さめで、「きつきつ」という意味だ。逆は「ぶかんぶかん」で「だぶだぶ」である。通じなければ次へ流してもらいたい。

「すこんすこん」もよくおっしゃる。これは、今一つ僕も理解していない。つき合って四十年ほどになるのに、今もなお未知があるなんてロマンチックだ。たぶん、遮るものがなく、筒抜けである様子を示しているのではないか、と推測している。

では、「ぱあぱあ」はわかるだろうか。これは想像がしやすい。つまり、開けっ放しの窓などの様子を表している。風が入るなら「すうすう」となる。

ほかにも各種あるが、同じようなものが続くと厭きてくる。僕なんかは二十年くらいまえから厭きている。擬態語ではないが、「弾丸のように」という比喩を奥様はしばしばお使いになる。勢いがある様を示していることは一目瞭然だが、「隣の奥さんが弾丸のように飛び出てきた」などと使うので、ついアメリカンコミックみたいなダイナミックなイメージを持ってしまい吹き出してしまう。

若いときだが、入口と間違えて出口から入ろうとしたとき、彼女はそれを「逆走してん」と言った。このとき「逆走」という言葉を僕は初めて聞き、意味はわかったけれど、念のために国語辞典を引いたら載っていなかった。「逆行」ではないのか、と意見をすると、大阪では「逆走」と言うのだとおっしゃった。走っていなくても「走」を使うところが、いかにもオーバな表現をしがちな大阪らしい。

ところが、最近はニュースでもこの「逆走」を使っている。ワープロも変換するようになった。いつの間にかメジャになったようだ。同様のものに、大阪発と思われる「ぼろ勝ち」があることは、このまえ書いたところである。

大阪の人は、「寝ている」を「ぐうぐう寝とん」とやはり擬態語を用いて強調する。「むしゃむしゃ食べとん」とか「どたどた入ってきよる」とかを聞くと、そんな音を聞いたのか、と問いたくなる。漫画の擬音がそれだ。つまり、漫画的ということか。

after school

97

/100

「つるつる」と「すべすべ」は、どう違うの？

僕の奥様は、「つるんつるん」とおっしゃる。犬が美容院でカットしてもらい、鼻の髭を切られたのを見ても、「つるんつるんやん」とおっしゃっていた。僕は「いかがか」と思ったけれど、黙っていた。対抗できる表現を思いつかなかった。

表面の状態を表現した言葉だ。「つるつる」「すべすべ」「さらさら」などは、滑らかな状態。逆に、「ごつごつ」「ざらざら」などは粗い感じを表している。

表面の凸凹をなくし、引っ掛かりを減らすと滑りやすくなる。これが滑らかさのことだが、「つるつる」というと、光沢がある様子がイメージできる。つまり、光を反射する、ということである。化粧品の宣伝では、「つるつる」はあまり出ない。「すべすべ」や「さらさら」が多い。これは、光沢がないけれど滑らかな様子をイメージしているようだ。光沢があると、濡れているみたいに見える。たとえば、汗をかいた肌は光って見える。この「べたべた」感が嫌われるのではないか。

手で触ったときの感覚も違う。つるつるなものは、指で触れるとむしろ抵抗がある。指がひっつく感覚があって、「さらさら」や「すべすべ」のような無抵抗な感じがしない。これは、人間の手が湿っているし、脂があるため付着しやすいからで、たとえば、段ボールの表面は手が滑るが、ガラス面は滑らない。摩擦（滑り）抵抗には、凸凹だけではなく、付着性が関るのだ。手が金属だったら、ガラスの方が滑る。

また、氷が滑るとか、グリスで滑るというのは、液体が境界に存在するためで、表面の形状の話ではなくなる。雨が降ってタイヤが滑りやすくなるのも同じ。もし、液体がなくて滑らせる場合は、接触面は大きいほど抵抗がある。そういうときは、F1カーのタイヤのように溝がない「つるんつるん」の方が滑りにくくなって有利だ。

表面を「すべすべ」にするためには、サンドペーパなどで磨いて、凸凹をなくす。だんだん細かい目のサンドペーパに切り換えて、表面を滑らかにしていく。でも、なかなか「つるつる」というほどにはならない。ここでニスなどを塗ると光沢が出る。さらにコンパウンドと呼ばれる細かい磨き粉で削ると、「ぴかぴか」になる。「つるつる」というのは、やはり光沢が伴う感じがする。

逆に、艶（つや）消しのニス（「マット」と呼ばれている）があって、これを塗ると艶が消える。ニスに細かい粉が混ざっていて、乾燥時に表面に非常に細かい凸凹を作る。このため光が乱反射して光沢が出ないのである。これは「すべすべ」に近い。

after school

98

/100

きっちし、がっちし、ちょっきし、ばっちし。

大阪や名古屋の人は、「きっちり」のことを「きっちし」と言う。どうも、最後が「り」になる副詞を「し」に置換するようだ。この法則の適用範囲をお風呂に入っている五分間ほど頭の中だけで調べたところ、かなり多くの例があることは確認できた。ただし、「し」にすると変なふうに聞こえる明らかな例外も見つかった。

「り」が「し」になるものは、「きっちし」「がっちし」「ちょっきし」「ばっちし」「めっきし」「はっきし」などであり、どうも一つ前の音が「い段（iの音）」だという共通点がある。ところが、「ぴったし」「やっぱし」「ばったし」という例外があって、わからなくなった。

一方、「し」に変換すると変だなと感じるものには、「まったり」「ゆっくり」「がっかり」「ぽっくり」などが挙げられる。「まったし」と言えるのかもしれないが、僕は耳に馴（な）染（じ）まない。

また、二つまえが促音の「っ」であることも注目に値する。強調だと思われるが、発音とも関連がありそうだ。

それだけの話である。おそらく、言語学者が既に論文を書いているだろう。素人の思いつきだからご容赦いただきたいし、もし明確な法則を見出している方は、編集部宛にお知らせいただければ幸いである。幸いなだけで、お礼をする用意はありませんが。

これだけで終わってはなんなので、少し話題を展開するが、「きっちし」というのは、「丁度」の意味で、「きっちししとるな」と言えば、「細かい奴だな」みたいな意味になる。「ちょっきし」は、「ぴったし」のことだ。「ぴったんこカン・カン」は以前は「ぴったしカン・カン」だった。もしかして、関東方面でも「ぴったし」はメジャなのだろうか。だんだん混迷を深めてきた。

ネットでちょっと検索してみたら、「ばっちし」は大阪の芸人言葉だとするものがあった。それから、「ぴったり」はもともとは「ぴたり」であって、それを強調して促音が入ったものだろう。ほかのものも、そうかもしれない。たぶん、「きちり」と言ったのだろう。「っ」というのは最近使い出したひらがな表記だ。もともとの日本語にはないはずである。この強調の促音のせいで、「り」より「し」が発音しやすいのだろうか。

ばっちし決めたかったのに、あやふやなことを言い出し、収拾がつかなくなってしまったし……、という最後の「し」は「り」が変化したものではないかな？

after school

99
/100

博学な年寄りは「何でこんな話をするの？」と思われる。

根拠となる資料はないが、人間は年齢とともに博学になるだろう。あるところで、忘れるようになるから、どこかにピークがある（そのまえに死ぬ人もいる）。

若い人が、周囲に知識を語ると、けっこう受け入れられる。「若いのに物知りだな」と好意的に受け止められる場合が多い。「蘊蓄が深い」「含蓄がある」となる。もちろん、聞いている方もだいたい若者だし、興味が近い話題になりやすい。

これが年寄りになると、まず語られる情報が古い。聞いている者は、必然的に年齢が高くなっていて、さほど知識に飢えていない。むしろ、自分の方が話したいのに、相手がしゃべってばかりで苛つく。「話が長い」という状況は、こんな環境で生まれるのだ。その学問分野の入門者とか、あるいはファンとか、そんな関係でもないかぎり、どうしたって、「何で今そんな話をするの？」状態に陥りがちである。

長く生きていると、長く話をしてきたわけで、話題の中には古いものも混ざるし、また、面白くて受けた話題は、何度も話したくなるのが人情だ。この結果、「また同じ話かよ」

と思われる結果を招く。これは、たとえファンであっても思うらしい（何故か、そういう声を身近で耳にする機会に僕は恵まれている）。

だからといって我慢して黙っていると、耄碌したと勘違いされる。若者だったら、「寡黙な人」として（「海月君みたいで格好良い」と）評価されるのに、「寡黙な老人」は、「大丈夫？」と心配されるのがせいぜいである。

ようするに、話し相手としては、誰でも若い人を相手にしたいのである。年寄りは、このハンディを最初から背負っているわけだから、「おしゃべり」を生き甲斐にしない方がきっとよろしい。おしゃべりしたいなら、ペットを相手にしよう。

そういうわけで、理性ある年寄りたちは、しゃべれない鬱憤を、ネットで晴らしている。ブログを書いたり、ツイッタで呟いたりする。幸運なことに、ネットでは年齢を誤魔化すことも簡単だ。知識量では負けないし、時間も持て余しているから、ますます好条件である。ネットの場合、「何でこんな話をするの？」という疑問は持たれない。何をいつ発言しても良いのだ。年寄りにとって、まさしくおしゃべり天国である。

僕は、だいぶまえから、ネットは年寄り向けだと書いてきた。コンピュータが若者だけの文化だったときに、既にそう感じた。これから、さらにネットの高齢化は進むだろう。孤独な年寄りは、ネットで救われるはずだ。素晴らしいと思う。嫌味ではなく。

after school

100

/100

「絶対に真似をしないように」と自著に書いた方が良い？

今でもそうだろうか。TVでは、「危険なので真似をしないように」とか「特別な許可を得ています」などの文字が出たりする。そうしないと、真似をする馬鹿がいて、そこでトラブルが起こる。起こっても責任はないと思われるけれど、そういう余計な心配をする人がいて、クレームが殺到するので、あらかじめその対応の弁を書いておくわけだ。でも、人が殺されるドラマや、刀を振り回す時代劇もあるのに、どうして「真似をしないように」「許可を得て撮影しています」と出ないのか、どこに境界があるのかは、僕にはわからない。「信長が殺されるなんて、可哀相じゃないか！」というクレームだって来ると思うが、「史実に詳しい先生の承諾を得ています」とは書かない。

でも、そのうち難しくなるだろう。ミステリィがいつまで「お断りなし」で発行できるのか、僕は危ぶんでいる。「これはフィクションです」は既にあるが、「現実には、このようなトリックは成立しません」「犯人が自白しても事件は解決しないことがあります」「この物語に登場する警察は、実際の警察を参考にしているだけで、現実の状況とは必ずしも一致しません」くらいは、書くようになるのでは？

そんなことといちいち断らなくても、常識で判断してもらいたい、という主張がもっともだと思うけれど、常識なんて数十年でひっくり返ることを、僕は幾つか見てきたので、「今は良くてもねぇ、そのうちどうなるかなぁ」と思うものは沢山ある。

「この小説を読んで、人を殺したくなった」と名指しされることもあるだろう。ドストエフスキーなんかあったに違いない。法律では責任はないし、また、僕はまったくなんとも思わないけれど、気にする人はいるだろうし、炎上もするだろう。

逆に「真似しないで下さい」と書かなくても、「これは森博嗣だからいえることで、普通の人間には真似しようにも無理だ」と言われることも多い。べつに真似をしてほしいと思って書いたのではないのに、そうやって敬遠されるのだから、あえて、「絶対に真似はできないでしょう」くらい書いておくのも、「突き放し感」が素敵だ。そうやって誰でもみんな自分を守っているのだな、ということがわかるが、「守ってばかりいても勝てないよ」くらいはオビのキャッチにしたいかもしれない。

僕は自分の墓を作る（作らせる）つもりは全然ないけれど、墓標に書くなら、「絶対に真似をしないで下さい」とか「特別な許可を得て生きていました」なんて面白いのではないだろうか。そんな少々ウェットなジョークで、今回は締めくくりたい。

文庫のあとがき

この「１００の講義」シリーズは、第五作の本作で完結となった。単行本が出た一年後に文庫化して「あとがき」を書いている。いよいよ、これで最後というわけである。

最初の『常識にとらわれない１００の講義』は、二〇一二年だった。以来毎年一冊ずつ発行。百のエッセイを掲載しているから、トータルで五百になる。爆発的な人気とは縁遠いものの、そこそこ評価されていたと思う。というか、最近、小説と比較できるほどエッセイが売れるようになり、本シリーズもその一翼を担ったのではないか、と認識している。百のタイトルを考えるのは大変だが、それさえ思いつけばわりと自然に書けたのは、だいたいが飾らない、盛らない、驕（おご）らない正直さのためではないか、と自分でも感じている。そう、正直であれば、あり続ければ、人生はわりと楽になる。

それなのに、大勢の人たちは飾って、盛って、驕っているように見える。若い頃からそうなのか、そうやって背伸びをしてでも他者に自分を認めてもらいたいのか、僕にはわからないけれど、とにかく、そんな無理をしていたら疲れるでしょう、と言いたくなる。余計なお世話だから言わないが、そのストレスはいかばかりかと心配だ。

たとえば、第一印象は悪い方が良い、と僕は思っているし、他者に誤解され、悪く見られてしまうのも、さほど気にならない。悪く見られれば、あとは良くなる一方ではないか。無理をしなくてもどんどん印象が良くなるのだから、こんな楽なことはない。

一方、見栄を張り、格好つけて、良いところを最初に見せてしまったら、あとは頑張り続けても息切れし、正体を晒(さら)し、印象はどんどん悪くなるだろう。周囲の人を見回しても、そんな感じの人が何人かいる。だいたい、ある期間つき合うとどこかへ行ってしまう。隠れるのか、それともリセットするのか。また、新しい場で背伸びをして、良い印象からスタートするのだろうか。ご苦労な人生だな、と思う。

誰でも、自分はこの程度だというのを薄々知っているはずだ。子供のときはちやほやされていても、物心がつけば自分のレベルがわかる。であれば、その自分を基準にして、そこから成長していけば、少しずつ良い自分になっていく。環境もしだいに好ましい方向へ変化する。少なくとも、正直に誠実に生きれば、そうなるはずだ。そうならないのは、正直ではなく、どこかで無理をしているからだろう。そう、この無理をしないというのが、僕の基本的なポリシィ。無理をせず、このシリーズを終えることができた。

二〇一七年五月　　森博嗣

本書は二〇一六年八月に小社より刊行された
同名書籍にあとがきを加筆したものです。

森 博嗣(もり・ひろし)

1957年12月7日愛知県生まれ。工学博士。某国立大学工学部助教授として勤務するかたわら、1996年、『すべてがFになる』(講談社ノベルス)で第1回メフィスト賞を受賞し、ミステリィ作家としてデビュー。以後、小説に限らずエッセィや新書などで数多くの作品を発表し、絶大な人気を博している。

近著に『MORI Magazine』(大和書房)、『青白く輝く月を見たか?』(講談社タイガ)、『マインド・クァンチャ』(中公文庫)、『夢の叶え方を知っていますか?』(朝日新書)などがある。

だいわ文庫

正直に語る100の講義

著者 森 博嗣

二〇一七年八月一五日第一刷発行

発行者 佐藤 靖

発行所 大和書房

東京都文京区関口一-三三-四 〒一一二-〇〇一四

電話 〇三-三二〇三-四五一一

フォーマットデザイン 鈴木成一デザイン室

本文デザイン bookwall

本文印刷 信毎書籍印刷

カバー印刷 山一印刷

製本 小泉製本

ISBN978-4-479-30665-8

乱丁本・落丁本はお取り替えいたします。

http://www.daiwashobo.co.jp